सुकरात

सुकरात

अरुण तिवारी

भूमिका

डॉ. ए.पी.जे. अब्दुल कलाम

प्रभात
प्रकाशन

प्रकाशक • **प्रभात प्रकाशन प्रा. लि.**
4/19 आसफ अली रोड,
नई दिल्ली–110002
सर्वाधिकार • सुरक्षित
संस्करण • 2026
मूल्य • तीन सौ रुपए
मुद्रक • नरुला प्रिंटर्स, दिल्ली

SOCRATES
by Shri Arun Tiwari ₹ 300.00
Published by Prabhat Prakashan Pvt. Ltd., 4/19 Asaf Ali Road, New Delhi-2
e-mail: prabhatbooks@gmail.com ISBN 978-93-5048-058-8

भूमिका

सुकरात का जन्म 470 ई.पू. एथेंस में हुआ था और उसकी मृत्यु 71 वर्ष की आयु में हुई, जब वह कारावास में था। अपनी जवानी में वह कुछ नया करना चाहता था, नए-नए विचारों को जन्म देना चाहता था। 'दाई' शब्द का इस्तेमाल वह एक रूपक अलंकार के रूप में करता था, अर्थात् वह चाहता था कि विवेचनात्मक प्रश्न पूछने, विचार-विमर्श में उलझने-उलझाने और नवीन विचारों के 'शिशु' को जन्म देने में दूसरों की मदद करने के उसके तरीके की तुलना दाई कर्म से की जाए। इस तरह, वह पुराने विचारों को अस्वीकार कर सत्य के अधिक निकट पहुँचने की चेष्टा करता था। हालाँकि सुकरात हर चीज के बारे में सवाल करता था, फिर भी उसकी मुख्य रुचि नीतिशास्त्र, विशेषकर ऐसे सवालों में थी—सद्गुण क्या है और हम उसका उपयोग

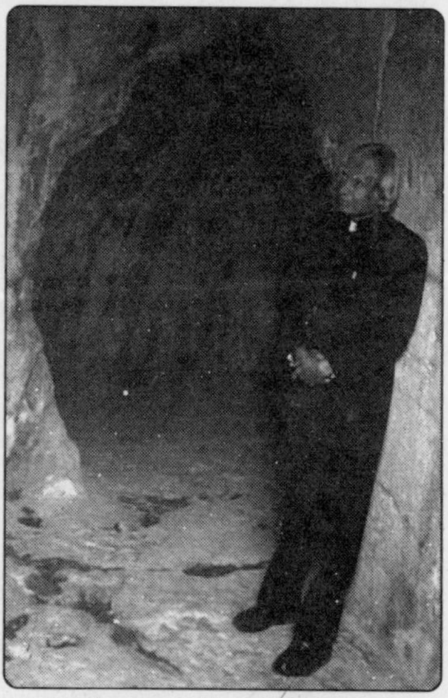

अप्रैल 2007 में डॉ. कलाम उस गुफा में जहाँ सुकरात को विष का प्याला दिया गया था।

एक बेहतर विश्व, एक बेहतर राज्य और उसके नागरिकों के लिए बेहतर जीवन की खोज में किस तरह करते हैं ?

देखने में सुकरात छोटे कद का था और शरीर से तगड़ा था। उसकी नाक चपटी थी, ऊबड़-खाबड़ दाढ़ी थी और आँखें बाहर को निकली हुई थीं, जिन्हें वह मुरगाबी की तरह अकड़कर चलते हुए घुमाता था। सुकरात ने पेलोपोनेशियन युद्धों, एथेंस और स्पार्टा के बीच सैनिक संघर्ष में एक बहादुर सिपाही की तरह काम किया। यही वह संघर्ष था, जिसने प्राचीन ग्रीस की दुनिया को बदल डाला। सुकरात के पिता ने उसके लिए पर्याप्त धन-संपत्ति छोड़ी थी, ताकि वह किफायत के साथ चलते हुए एक अवैतनिक अध्यापक बन सके।

सुकरात को शुरू से ही ऐनक्सागोरए के वैज्ञानिक सिद्धांतों में दिलचस्पी थी, जिसने समझाया कि मूलभूत कण (परमाणु) विभिन्न तरह के होते हैं और उनकी संख्या असीम है और इन पर मन की क्रिया से वे चित्र उभरते हैं, जिन्हें हम देख पाते हैं। सुकरात का मानना था कि शरीर के संवेदन मन की चिंतन-शैली के लिए समस्या उत्पन्न करते हैं और उसके विचार में भौतिक जगत् भ्रांतिपूर्ण है।

सुकरात का जीवन सीधा-सादा था। उसमें सोचने-समझने की क्षमता थी और वह सत्य एवं न्याय की खोज के प्रति दृढ़-संकल्प था। उसका विश्वास था कि सदाचारी जीवन सुख-प्राप्ति का सबसे अच्छा मार्ग है; और सदाचरण बुद्धिमानी पर निर्भर करता है। अपनी इन्हीं मान्यताओं को लेकर वह ज्ञान की खोज में दूसरों की मदद करना चाहता था। ऐसा इसलिए था, क्योंकि वह उनके कल्याण को अपनी सुख-सुविधा से ऊपर रखता था। वह मानता था कि एक बेहतर विश्व की कल्पना तभी साकार हो सकती है, जब लोग समझदार एवं बुद्धिमान हों।

सुकरात की मान्यता थी कि वह अपने जिस कार्य को विवेचनात्मक प्रश्नों एवं संवाद के जरिए समझने का प्रयास करता है, वह कार्य एक दिव्य उद्‌देश्य के रूप में उसे सौंपा गया है, और इसीलिए वह उसे अपना कर्तव्य समझता है। भौतिक सुख-सुविधाओं में उसकी कोई रुचि

नहीं थी। वह हमेशा नंगे पाँव रहता था और पूरे साल एक ही पुराना लबादा ओढ़े रहता था। उसकी सहन-शक्ति का पता इसी बात से चलता है कि वह ठंड के मौसम में भी नंगे पाँव रहता था। उसके विचार में, सद्गुण प्राप्त करने की अभिलाषा मनुष्य का चरम लक्ष्य हो सकती है।

सुकरात उन वितंडावादियों, वाद-विवाद और वाक्पटुता के पेशेवर शिक्षकों का विरोधी था, जो अपने शिक्षण के लिए धन लेते थे और बदले में वही घिसी-पिटी व परंपरागत शिक्षा देते थे तथा सबकुछ जानने का दावा करते थे। सुकरात का मानना था कि किसी को भी किसी दूसरे के विचारों को यूँ ही स्वीकार नहीं कर लेना चाहिए, बल्कि हर विचार को आलोचनात्मक तर्क पर परखना चाहिए। सुकरात कहता, "आप जैसे बुद्धिमान व्यक्ति से भेंट होना वास्तव में बहुत ही सुंदर संयोग है; क्योंकि मैं इतना नासमझ हूँ कि ज्ञान क्या होता है, मुझे कुछ पता नहीं। तथापि एक-दो सवाल हैं, जो मैं आपसे पूछना चाहूँगा।" फिर वह कुछ गहरे-गूढ़ प्रश्न पूछकर उनकी शिक्षा, उनके उपदेशों की असलियत को नंगा कर देता। उन्हें भ्रामक, अनुपयोगी या खतरनाक बताता और उन्हें ऐसे लोकप्रिय विचारों की संज्ञा देता, जो निर्मूल, निराधार एवं अविवेकपूर्ण होते हैं। उसका मानना था कि गलत प्रश्न पूछनेवालों या कोई भी प्रश्न न पूछनेवालों के लिए उत्तरों का कोई महत्त्व नहीं होता है।

स्पार्टा के साथ युद्ध में एथेंस की पराजय के बाद पुराने लोकतंत्र की जगह शासन की बागडोर निरंकुश नव-रूढ़िवादियों और धार्मिक कट्टरपंथियों के हाथों में चली गई। एथेंस के इन राजनीतिक नेताओं को सुकरात की लोकप्रियता, राजनीतिक अस्थिरता के समय में उसके अपरंपरागत विचारों और उसके कुछ मित्रों की कुख्याति से डर लगने लगा।

अपने सिद्धांतों के साथ समझौता करने या कानून की अवज्ञा से इनकार करने पर 71 वर्षीय सुकरात को एथेंस की अदालत में लाया गया। उस पर एक कुकर्मी होने, युवकों को गलत ढंग से झूठी शिक्षा देने, लालची होने और अपनी सीख देने के बदले बड़ी धनराशि वसूलने के

आरोपों के साथ-साथ नास्तिक होने तथा ग्रीस के देवी-देवताओं में विश्वास न करने के आरोप भी लगाए गए। यद्यपि उसे मृत्युदंड दिया गया था, फिर भी एथेंस की कानूनी प्रक्रिया के अनुसार वह अपील कर सकता था और संभवतया उसकी सजा कुछ कम भी हो जाती। लेकिन उसने अपील करने से मना कर दिया और दिया गया विष पी लिया।

सुकरात ने अपना कुछ भी लिखित नहीं छोड़ा; लेकिन उसके चिर-परिचित शिष्यों प्लेटो और जेनोफॅन ने बहुत विस्तार से लिखा और उन्होंने अपनी कृतियों में न केवल सुकरात द्वारा एथेंस में की गई परिचर्चाओं का ब्यौरेवार वर्णन किया, बल्कि सुकरात के अपने विचारों को भी शामिल किया। प्लेटो के तीन संवादों—अपॉलजी (क्षमा), क्रिटो और फेडो तथा जेनोफॅन के मेमोरेबिलिअॅ को इस पुस्तक में अध्यायों के रूप में सम्मिलित किया गया है।

सुकरात की हमारे लिए और आज की दुनिया के लिए क्या प्रासंगिकता है? क्या आज इस बात की तात्कालिक आवश्यकता है कि हर देश स्वयं को जाने और उसी दर्पण में अपनी छवि देखे, जिसमें दूसरे देश उसे देखते हैं, और प्रत्येक व्यक्ति भी 'स्वयं' जानने-समझने की कोशिश करे—उस जीवन को सामने रखकर, जिसे देखा-परखा नहीं गया है और जो जीने योग्य नहीं है। क्या लोगों के बीच कलह-विवाद को मिटाने के लिए संवाद की तुरंत आवश्यकता है?

सुकरात का सारा चिंतन इस विषय को लेकर था कि व्यक्ति को अपना जीवन किस तरह जीना चाहिए। बाद की शताब्दियों में बुद्धिमत्ता व प्रेम बहुत अधिक सैद्धांतिक, अर्थात् अव्यावहारिक हो गया और लोगों के दैनिक जीवन की समस्याओं से उतना ही दूर चला गया जितना कि शतरंज का खेल। थोरियू ने वाल्डेन में लिखा है—"आजकल दर्शनशास्त्र के प्राध्यापक या प्रोफेसर तो हैं, लेकिन दार्शनिक नहीं हैं।" इसके आगे वह लिखता है—"एक दार्शनिक होने का मतलब है बुद्धिमत्ता से प्रेम करना, यानी उसके निर्देशों के अनुसार जीना, जीवन की कुछ समस्याओं को हल करना, न केवल सैद्धांतिक रूप से बल्कि व्यावहारिक रूप से भी।"

सुकरात के विचारों का अध्ययन करना अधिक उपयोगी या सार्थक नहीं होगा, यदि कोई अपने अस्तित्व के बारे में उस अध्ययन से कुछ महत्त्वपूर्ण शिक्षा न ले सके। दर्शनशास्त्र के अध्ययन से लोगों के जीवन में कुछ परिवर्तन आना चाहिए। यदि कोई जानना चाहता है कि मनुष्य के लिए क्या अच्छा है एवं सुख की प्राप्ति कैसे होगी—और यह भी कि जीने का तरीका क्या है तथा क्या हासिल करने का प्रयास करना चाहिए तो उसे मानव स्वभाव, मानव की सच्ची प्रकृति को समझने की कोशिश करनी चाहिए। और यदि ऐसा नहीं करते हैं—मनुष्य के लिए क्या अच्छा है, यह कभी जानने की कोशिश नहीं करते हैं तो वह जीवन ऐसा ही होगा जैसे कुछ पाने के प्रयास में तो लगे रहना, लेकिन कभी सुख तक न पहुँच पाना। सुकरात की कही हुई बहुत सी बातों को बड़ी प्रसिद्धि मिली है। उन्हीं में से एक वाक्य इस प्रकार है—''बिना जाँचा-परखा जीवन जीने योग्य नहीं है।''

मैं वर्ष 2007 में जब एथेंस के दौरे पर गया, अरुण को इस पुस्तक की जानकारी थी। वह मेरे साथ नहीं जा सका था, लेकिन बाद में वह एथेंस गया। वह उस व्यक्ति के दर्शन, उच्च ज्ञान का ठीक अर्थ निकाल सका जिसके बारे में प्लेटो ने कहा था—''उसके समय के जितने भी लोगों को हम जानते हैं, उनमें से वह सर्वश्रेष्ठ और सबसे बुद्धिमान तथा अत्यंत न्यायसंगत व्यक्ति था।''

मुझे आशा है कि यह पुस्तक पाठकों को सदाचारी बनने में सहायक होगी और वे सुकरात के विचारों से सीख लेकर अपने जीवन की परिस्थितियों का सामना कर सकेंगे तथा दूसरी दृष्टि से अनुत्पादक एवं प्रेरणा-विहीन जीवन में कुछ उद्देश्य तलाश कर सकेंगे।

(डॉ. ए.पी.जे. अब्दुल कलाम)

लेखकीय

क्यों किसी व्यक्ति को उस मनुष्य के बारे में अध्ययन करना चाहिए, जो 2,400 वर्ष पहले अस्तित्व में था? क्या कोई व्यक्ति उस मनुष्य के बारे में चिंतन कर सकता है, जिसने जीवन के अर्थ को खोजने की कोशिश की? भारतीय गणतंत्र को अब 60 वर्ष हो चुके हैं। एक जीवित लोकतंत्र का नागरिक कहलाने के लिए हमें अपने आप पर गर्व है। लेकिन अब भी इस गणतंत्र में अधिकतम लोग गरीबी में जीवन बसर कर रहे हैं। उनके नेतृत्व का चरित्र विचारों और तपस्या को पीछे छोड़कर बेईमानी से मिले ऐश्वर्य में तब्दील हो चुका है।

क्या भारत में ऐसा कोई इनसान है, जो उस मनुष्य की तरह बन सके, जो अपनी सुधारवादी व करिश्माई सोच से समूचे भूमध्यसागर में प्रसिद्ध हो गया। लोग, विशेषकर नौजवान उन्हें सुनने के लिए एकत्र होते थे। कुछ लोग उनकी संन्यासी जीवन-शैली से प्रेरित थे। वे लंबे बाल रखते, नंगे पैर रहते और उनकी घड़ी टूटी रहती। वे शहर को मंत्रमुग्ध कर देते—फिर चाहे वे सैनिक, वेश्या, व्यापारी या फिर आभिजात्य वर्ग ही क्यों न हो—सभी उन्हें सुनने आते थे। रोमन दार्शनिक सिसरो इलोक्यूनेटली के अनुसार—''वे आसमान से दर्शनशास्त्र को लेकर आए।'' महात्मा गांधी को गए लंबा अरसा हो गया। भारत को ऐसी ही मानसिकतावाले एक इनसान की जरूरत है। लेकिन इससे पहले कि यह

इच्छा पूरी हो, उस व्यक्ति और उसके भाग्य के बारे में और अधिक जानने की आवश्यकता है।

आधी सदी के पूरा होते ही इस व्यक्ति को अपने गृह नगर एथेंस की सड़कों पर दर्शन के बारे में बेरोक-टोक बोलने की अनुमति थी। लेकिन तभी हालात ने भयावह मोड़ लेना शुरू कर दिया। अर्थव्यवस्था तहस-नहस हो गई, लोग मरने लगे, भुखमरी फैल गई और राजनीतिक परिदृश्य उलट गया। दार्शनिकों की चमकती सोच, अनंत सवाल और सनकी तरीके अचानक बुरे लगने लगे। पहले लोकतांत्रिक अदालत द्वारा एक सत्तर वर्षीय दार्शनिक पर शहर के पारंपरिक देवताओं के अपमान और युवाओं को गुमराह करने जैसे संगीन आरोपों का दोषी पाया गया। दंडस्वरूप उन्हें कारागार में सुनियोजित तरीके से जहर देकर मार डाला गया और उनकी हत्या को आत्महत्या करार दिया गया।

वह व्यक्ति था सुकरात। प्राचीन एथेंस का दार्शनिक और पश्चिमी सोच का असली पिता। एक राजमिस्त्री के पुत्र सुकरात की प्रसिद्धि असामान्य थी। शारीरिक सुंदरता के खूबसूरत शहर में भावनाओं के आंतरिक बड़प्पन को सँजोए सुकरात का चेहरा अत्यंत कुरूप था। गोलाकार बरतन की तरह पेट, अजीब सी चाल और उनकी नजरें बेहद कड़ी थीं। रचनात्मकता से सिंचित एथेंस के उपनगर में वह बड़े हुए। वह ग्रीक के आश्चर्य के पहले गवाह थे।

लेकिन जब गरीबी से पीड़ित शहर के बीच बाजार में चलते हुए सुकरात ने यह बयान दिया—'कितनी चीजें हैं, जिसकी मुझे जरूरत नहीं।' अपनी आंतरिक आवाज 'दायमोनियम' पर भरोसा करते हुए एथेंस में सभी धर्मों के लोगों के बीच सुकरात एक अजीब से निजी धर्म के आनंद को महसूस कर रहे थे। यह डेमोन (दानव) अजीब एपीसोड के दौरान उसके पास वापस आया, जब वह दार्शनिक घंटों खड़े होकर घूर रहा था। लोगों ने सोचा, वह शायह केटालेपनी (धनुस्तंभ)

से पीड़ित है (तंत्रिका की एक स्थिति, जिसके कारण मांसपेशियों में कठोरता आ जाती है)।

एक तरफ वैश्विक परिदृश्य में वहाँ की सभ्यता महान् और अच्छी है। हमें क्यों जिज्ञासु, चालाक और निंदित ग्रीक की परवाह करनी चाहिए? साधारण सी बात है, क्योंकि सुकरात को जिन समस्याओं का सामना करना पड़ा, वे हमारे अपने थे। वह एक ऐसे शहर-राज्य में रहते थे, जहाँ पहली बार मानव समाज में सच्चे लोकतंत्र की क्या भूमिका होनी चाहिए, इस पर भ्रम हो रहा था। खुद के जोरदार प्रयास से सुंदर वस्तुओं, नए अनुभवों, विदेशी मुद्राओं से संपन्न उसका सफल और समृद्ध गृहनगर खतरे के सैलाब में था।

कमजोर युद्ध के बीच दार्शनिक भी लोकशक्ति, लोकतंत्र, डेनोक्रेशिया के बैनर तले रहने की घोषणा कर चुके थे। 'बिना किसी कारण' के स्पार्टा और उसके सहयोगियों के विरुद्ध पाँचवीं सदी में पेलोपोनेथियन संघर्ष की समकालीन दौर में तीव्र आलोचना हुई। हालाँकि इस क्षेत्र के कुछ लोगों ने खुशी से लोकतांत्रिक राजनीति के इस नए विचार को ग्रहण किया। बुद्ध के मुद्दे पर प्यार की विचारधारा के लिए सुकरात सवालों के घेरे में आ गए। 'मूल बात क्या है?' उन्होंने पूछा। 'दीवारों पर और पूजा के लिए जिन मनुष्यों ने शानदार मूर्तियाँ गढ़ीं, वे खुश नहीं हैं।' प्यार करने के अलावा जीवन जीने का कारण क्या है? सुकरात के लिए ज्ञान की खोज वैसे ही जरूरी थी जैसे कि साँस लेना। एक भूरी दाढ़ी—हमें उनके बारे में सोचना चाहिए, जैसा कि उनके समकालीन उन्हें जानते हैं—एक हलचल, ऊर्जावान, अंगूरी नशा, ओजस्वी, चपटी नाकवाला, अनुभवी योद्धा, दुनिया का नागरिक, सड़कों का आदमी।

उनके छात्रों एवं उनके जीवनी लेखकों—प्लेटो और एक्सनोफोन के मुताबिक सुकरात ने न केवल जीवन के अर्थ की खोज की, बल्कि हमारी अपनी जिंदगी के लिए भी मतलब तलाशा। उन्होंने मानव अस्तित्व के मौलिक सवालों को ढूँढ़ा। क्या हमें खुश रखता है? क्या हमें अच्छा

बनाता है? नैतिकता क्या है? प्यार क्या है? डर क्या है? कैसे हमें अपना जीवन बेहतर जीना चाहिए? सुकरात ने आनेवाली आधुनिक विश्व की समस्याओं को देखा और आज हम कैसे रहते हैं, इसपर निश्चित रूप से उन्होंने कुछ कहा होगा।

आमने-सामने के संपर्क की बजाय वे लिखित शब्द की उभरती शक्ति के बारे में उत्सुक थे। अथीनियान अगोरा उनका शिक्षण कमरा था। एक दिन सुकरात एथेंस की सड़क पर एक युवक से मिले। 'ब्रेड कहाँ मिल सकता है?' दार्शनिक ने पूछा। उस नौजवान ने बड़ी शिष्टता से जवाब दिया। 'और वाइन कहाँ मिल सकती है?' सुकरात ने पूछा। उसी शिष्ट अंदाज में उस युवक ने सुकरात को बताया कि वाइन कहाँ मिलेगी। 'और अच्छाई तथा महानता कहाँ मिलेगी?' इसके बाद सुकरात ने पूछा। वह युवक झल्ला गया और ज़वाब नहीं दे सका। 'सड़क पर मेरा अनुसरण करो और सीखो।' दार्शनिक ने कहा। व्यक्तिगत संपर्क ईमानदारी को बढ़ावा देता है। सुकरात ने तर्क दिया कि शब्दों के तार की हेरा-फेरी हो सकती है, विशेषकर जब यह व्यापक बाजार में फैला हो। 'आप सोच सकते हैं कि बोले गए शब्द बुद्धिमत्तापूर्ण थे। लेकिन यदि आप उनसे सवाल करते हैं तो वे हमेशा एक चीज कहते हैं, ''जब हर शब्द सदा प्रताड़ित और अन्यायपूर्ण हो, उससे रक्षा के लिए हमेशा एक पिता की आवश्यकता होती है।''

आज जब मनोवैज्ञानिक आनेवाली पीढ़ी के लिए की-बोर्ड और एस.एम.एस. के ज्यादा प्रयोग को लेकर खतरे की बात करते हैं, ऐसे में सुकरात की झलक उनके लिए क्रोध उत्पन्न कर सकती है, इसलिए मैंने कहा था—मुसकराओ। तथ्य एकत्र करने और बॉक्स टिकिंग के लिए हमारे आधुनिक जुनून की बजाय हमारे चारों ओर शब्दों की गहरी समझ भी उसे भयभीत कर सकती है। क्या बात थी? दुनिया को प्यार किए बिना उन्हें सूचीबद्ध करते हुए उन्होंने कहा, वह आगे चला गया, 'मैं समझता हूँ, प्यार एक चीज है।' हमारे समय के आम चुनाव को भी

विराम दिया गया होगा। सुकरात मुरझाने वाले थे, जब यह आडंबरपूर्ण प्रदर्शन आया। उनके लिए एक शक्तिशाली अवास्तविक बहस एक घिनौना कार्य था, सत्य के बिना लफ्फाजी एक 'अच्छे' समाज के लिए बहुत बड़ा खतरा है।

मजे की बात यह है कि चुनाव-प्रचार पुराने ढर्रे पर दिखा। सार्वजनिक बहस और चुनावी होड़ ('एगोन' ग्रीक शब्द था, जो हमें हमारी 'व्यथा' देता है) लोकतांत्रिक एथेंस के आदर्श थे। वहाँ का हर पुरुष नागरिक 18 वर्ष की उम्र के बाद राजनीतिज्ञ था। प्रत्येक व्यक्ति खुद को खुली सभा में प्रस्तुत कर सकता था। बहस करने या मतदान देने के लिए मुद्दों को उठा सकता था। अत्यधिक जटिल प्रणाली के माध्यम से साधारण आदमी एक वर्ष के लिए राज्य के मुखिया के समकक्ष हो सकता था। एक दिन के लिए घरेलू मामलों का मंत्री या विदेश मंत्री हो सकता था। जो लोग निजी जीवन को सार्वजनिक कर देते, उन पर मूर्ख का लेबल लग जाता। (अत: हमारी दुनिया मूर्ख है।)

सुकरात की मृत्यु तब हुई, जब एथेंस में स्वर्ण युग था—एक महत्त्वाकांक्षी, प्रजातंत्रवादी, दूरदर्शी शहर-राज्य ने उन्हें विश्व के नेता की उपाधि दी। उनकी असामान्य व्यक्तिगत धर्मनिष्ठा, शहर के युवकों के लिए उनका गुरु-तुल्य आकर्षण अचानक भयावह रंग ले रहा था। यद्यपि एथेंस में विचारों की स्वतंत्रता की धारणा अच्छी लगी, ऐसे में अभी तक वहाँ की आबादी ने अभिव्यक्ति की स्वतंत्रता से दूर एक तरह से स्वतंत्रता के अपमान का अनुमोदन किया।

ऐसा प्रतीत होता है कि सुकरात एथेंस की निराशा के लिए एक बलि का बकरा था। जब शहर मजबूती का अनुभव कर रहा था, यह विचित्र दार्शनिक सहन किया जा सकता था। लेकिन उनके उग आए दुश्मनों, भुखमरी और लोकतंत्र की विचारधारा खुद सवालों में थी एथेंस के लोगों ने इसे अधिक मौलिक रूप में देखा। एक आत्मविश्वासी समाज खुद से सवाल पूछ सकता है; जब यह नाजुक है, यह डराता है।

सुकरात की प्रसिद्ध सूक्ति है—'बिना इम्तिहान के जीवन जीने लायक नहीं।' समय के द्वारा किया गया उनका परीक्षण संघर्ष की शुरुआत है।

सुकरात की मृत्यु के बाद पश्चिमी और पूर्वी सभ्यता दोनों पर ही उनके विचारों का बहुत व्यापक प्रभाव था। इसलामी संस्कृति में उनके प्रभाव की अकसर अनदेखी हुई है। मध्य-पूर्व और अफ्रीका में 11वीं सदी के बाद उनके विचारों को अपनाने और पोषित करने के लिए कहा गया, 'जैसे दोपहर की गरमी में शुद्ध पानी।' ज्ञान के सात स्तंभों में से एक सुकरात को नामित किया गया था। उनका उपनाम था 'स्रोत'। तो ऐसा लगता है कि कइयों के लिए यह शर्म की बात थी कि सुकरात एक रिमोट बन गए, एक तरह का बुलंद चेहरा।

अंततः जब सुकरात एथेनियान अगोरा के धार्मिक न्यायालय में अपने साथी नागरिकों के साथ खुद पर लगे आरोपों का सामना करने उठे, वह मानव समाज को महान् करुणा से जोड़े हुए थे। 'यह मेरा अपराध नहीं, जो मुझे दोषी बनाएगा।' उन्होंने कहा। 'लेकिन इसके बजाय अफवाह, गपशप, जो तथ्य समूह में फुसफुसाते हुए जोर देंगे कि मै दोषी हूँ।' एक दूसरे ग्रीक लेखक हेसियड ने कहा है—'लोगों की गपशप से दूर अफवाह एक बुराई है। इसकी प्रकृति बेहद हलकी होती है। हाँ, इसे सँभालना भारी और दोबारा नीचे रखना कठिन है। एक बार लोगों के पूरी तरह उसमें लिप्त हो जाने पर अफवाह कभी गायब नहीं होती। मीडिया द्वारा इसका हमेशा परीक्षण एक भयानक प्रभाव था। यह सार्वजनिक विचार से अलग और चोटिल उम्र की अनिश्चितता थी, जो सुकरात को हेमलॉक लेकर आई। उन पर लगे आरोपों का अनुसरण करने की बजाय हमें खुद को जानने के लिए शायद सुकरात के उपदेशों का सम्मान करना चाहिए। व्यक्तिगत रूप से ईमानदार हों; वही करें, जो हम हैं। अगला आदमी नहीं जानता कि सही क्या है। एक समूह की घृणा को छुपाने के लिए नहीं, बल्कि भीड़ की दहाड़ बनने के लिए। लेकिन उद्देश्य हो सकता है—अच्छे जीवन के लिए।

विषय सूची

1

हलचल भरे जीवन का देश

ग्रीस अर्थात् यूनान (हेलीना) में प्राचीनतम बस्तियाँ बसने और सामाजिक विकास की शुरुआत 10,000 तथा 3,000 ई.पू. के बीच हुई। उस शुरुआत ने बड़ी प्रगति एवं विकास की बुनियाद रखी और शीघ्र ही उन्नति का सिलसिला चल पड़ा। लोगों ने समीपवर्ती पूर्व, मुख्यत: अनातोलिया से आकर ग्रीस में बसना शुरू कर दिया। मध्य यूरोप से भी लोगों के समूह आकर इस क्षेत्र में बस गए। 3,500 और 3,000 ई.पू. के बीच निर्मित अधिक बड़े ग्रामों से पता चलता है कि उस युग में समाज का स्वरूप बड़ा जटिल था, और यह भी कि एक विशिष्ट व शक्तिशाली वर्ग पनप रहा था। उसके कुछ समय बाद ही शिल्प विशेषज्ञ उभरने लगे और सामाजिक व्यवस्था का स्वरूप जनजातीय संगठन से मुखिया प्रधान हो गया। इस कालावधि में जनसंख्या-वृद्धि की दर बहुत कम रही।

ई.पू. दूसरी सहस्राब्दी में दो शक्तिशाली यूनानी सभ्यताओं का उदय हुआ—क्रीटे द्वीप समूह में मिनोआन और मुख्य भूमि पर माइकीनेयन सभ्यता। प्रारंभिक कांस्य युग (3,000-2,000 ई.पू.) के दौरान क्रीटे और मुख्य क्षेत्र यूनान (ग्रीस) दोनों में बड़े परिवर्तन हुए। प्रमाणों से पता चलता है कि दोनों जगह जनसंख्या में तीव्र वृद्धि हुई और एजियन सागर के पार अनातोलिया से निकट पूर्व तक व्यापार संबंध स्थापित हो गए। इसी अवधि में क्रीटे एवं मुख्य भूमि के बीच किकलेड्स द्वीप समूह बसाए गए और

लगता है कि वे यूरोप एवं एशिया के बीच प्रगति में सहायक सेतु के रूप में खूब फूले-फले। किकलेड्स द्वीप समूह और मुख्य भूमि दोनों में मिश्रित समाजों का विकास हुआ, जिनमें कुशल कारीगर भी थे और राजनीतिक वर्ग भी था।

क्रीटे में विकसित सभ्यता को पौराणिक राजा मिनोस के नाम पर 'मिनोआन' कहा जाता है। करीब 2,000 ई.पू. के आस-पास मिनोआनवासियों ने महलों का निर्माण शुरू कर दिया, जो उनके व्यापार चिह्न (ट्रेड मार्क) बन गए। महल-निर्माण का कार्य 1,450 ई.पू. तक चलता रहा। इस अवधि के दौरान आर्थिक, राजनीतिक और सामाजिक संगठन के क्षेत्र में गतिविधियाँ तेज हुईं तथा पूर्वी भूमध्यसागर में व्यापार सक्रिय होने के साथ-साथ यूनानी संसार में हस्तलिपि के पहले दर्शन हुए। इस अवधि के उत्तरार्ध में मिनोआन के व्यापारी पश्चिम में दूर-दूर तक जाने लगे और स्पेन पहुँच गए। बड़े-बड़े अलंकृत महलों की बनावट विशेष प्रकार की थी। उनका निर्माण आबादीवाले केंद्रों में किया गया था और वहाँ बड़े पैमाने पर धार्मिक समारोह हुआ करते थे। एक भीषण भूकंप ने समाज के अनेक महलों को ध्वस्त कर दिया और तभी से पतन का युग आरंभ हुआ। माइकीनेयन सभ्यता ने क्रीटे के भूमध्यसागरीय वाणिज्य पर कब्जा कर लिया और 1,200 ई.पू. तक मिनोआन सभ्यता के विकास का बिलकुल अंत हो गया।

ई.पू. आठवीं शताब्दी के घटनाक्रम में राज्यों को फिर से उठने का मौका मिला। पेलोपोनेसस के पूर्वी तट पर अर्गोस ओर कोरिंथ पत्तनों (पोर्ट) का बहुत तेजी से विकास हुआ। समीपवर्ती पूर्व के साथ व्यापार बढ़ने लगा और घरेलू उत्पादन में बढ़ोतरी के साथ एक नए धनाढ्य वर्ग का उदय हुआ। व्यापारिक गतिविधि का मुख्य आकर्षण वे धातुएँ थीं जिन्हें विलास-वस्तुओं के उत्पादन के लिए निकट-पूर्व से लाया जाता था। इस प्रक्रिया में ग्रीस के लोग फोनीशियाई लोगों के संपर्क में आए और उन्होंने

फोनीशियाई भाषा की वर्णमाला तथा अन्य अभिनव परिवर्तनों को अपना लिया, जिसके फलस्वरूप यूनानी सभ्यता में तेजी से बदलाव होने लगा।

मुख्य भूमि में जिस सभ्यता ने जड़ें जमाईं, उसे माइकोनियन (करकीरा) कहा जाता है। माइकोनियावासी भारोपीय समुदाय के थे और सबसे पहले उन्होंने ही यूनानी भाषा बोलना शुरू किया। ई.पू. तेरहवीं और चौदहवीं शताब्दियों में माइकोनियाई समाज अपने चरमोत्कर्ष पर था। माइकोनियाई व्यवस्था ने सैन्य श्रेष्ठता पर जोर दिया और नोसोस तथा शेष क्रीटे को भी जीत लिया।

उच्च-स्तरीय बोझिल व्यवस्था, जिसके विशिष्ट
वर्ग ने सैन्य-शक्ति को अपनी सत्ता का आधार बनाया,
खुद अपने विनाश के बीज बो रही थी।

ई.पू. 1,250 और 1,150 के बीच किसान विद्रोह और आंतरिक संघर्ष ने मिलकर सारे माइकोनियाई महलों-किलों को नष्ट कर दिया। कुछ पर दोबारा कब्जा कर लिया गया, लेकिन बहुत छोटे पैमाने पर; दूसरे हमेशा के लिए मिट गए। इन घटनाओं की परिस्थितियों के बारे में ठीक-ठीक कुछ पता नहीं है, लेकिन इतिहासकारों का अनुमान है कि इस विनाश का बीज उस उच्च-स्तरीय बोझिल व्यवस्था में ही था, जिसने सैन्य शक्ति को सत्ता का आधार बनाया।

बाद में आए काले युग में अधिकतर लोग दूर-दराज के इलाकों में छोटे-छोटे समुदायों में रहने लगे और अपने भरण-पोषण के लिए खेती-बाड़ी करने लगे। संगठनात्मक रूप से ग्रीस अर्थात् यूनान एक मुखिया प्रधान समाज था। निकट-पूर्व के देशों तथा अन्य सभ्यताओं के साथ भी व्यापार खत्म हो गया तथा संबंध समाप्त हो गए।

ई.पू. 750 और 500 के बीच यूनानियों ने भूमध्य सागर की खाड़ी और काला सागर के अनेक भागों में बस्तियों की स्थापना की और अपना

सांस्कृतिक प्रभाव बनाना शुरू कर दिया, जिनके निशान इन क्षेत्रों में आज तक मौजूद हैं। 730 ई.पू. के आस-पास इटली के तटवर्ती नगरों इस्किया और पिथेकुलई में धातु व्यापार के आधार पर यूनानियों की स्थायी बस्तियों की स्थापना की गई। उसके कुछ समय बाद ही कोरिंथ ने खेती-बाड़ी करनेवालों को ग्रीस के उत्तर-पश्चिम तट से लगे कोर्फ (करकीरा) और सिसली में सीराकूज में बसने के लिए भेज दिया। इन बस्तियों में पश्चिम में पहले-पहल बस्तियाँ बसाने संबंधी आंदोलन की प्रवृत्ति को जन्म दिया। आरंभिक जोखिमों के चलते बसनेवाली बस्तियों के विस्तार और घनत्व के कारण दक्षिण इटली और सिसली को मैग्ना ग्रेशिया (ग्रेट ग्रीस) कहा जाने लगा।

उत्तरी यूनान के तट के साथ-साथ बॉस्पोरल में और काला सागर के तटीय क्षेत्रों को मिलाकर इटली में 150 से अधिक बस्तियों की स्थापना

की गई। बस्तियाँ बसाने का मुख्य प्रोत्साहन था कृषि के लिए अतिरिक्त भूमि उपलब्ध कराना और बढ़ती आबादी को रहने की जगह देना। अन्य सभ्यताओं द्वारा स्थापित की गई बस्तियों, जैसे कि एशिया माइनर में मिलेटस, ने भी यूनान वासियों को विस्तार करने के लिए उकसाया।

मुखिया-प्रधान व्यवस्था के स्थान पर कुलीन वंश के विकास के साथ ही नगर-राज्य की संकल्पना मूर्त रूप लेने लगी। वंशों के बीच प्रतिस्पर्धा का नतीजा यह हुआ कि जो सबसे शक्तिशाली था, उसके आगे सब झुक गए। इन शक्तिशाली व्यक्तियों को तानाशाह एवं निरंकुश शासक कहा गया, क्योंकि उन्होंने अभिजात वर्ग के अंदर और वंश केंद्रों के बीच पूर्ण सत्ता-संघर्ष में प्रभुत्व प्राप्त किया था। क्योंकि वे प्रायः नाममात्र के लिए वंश-सदस्य होते थे। अतः निरंकुश शासन की सफलता ने सत्ता का एक नया मानदंड बना दिया—जन्म की अपेक्षा योग्यता। नगर-राज्य के विकास में यह परिवर्तन एक महत्त्वपूर्ण कारण बना, अर्थात् यह निर्णय किया गया कि नगर-राज्य राजनीतिक दृष्टि से एक संगठित समुदाय होना चाहिए। उसका भूभाग औसतन 200 वर्ग किलोमीटर होना चाहिए तथा किसी छोटे शहरी केंद्र को उसका आधार बनाया जाना चाहिए। जब एक से तीन पीढ़ियों के बाद तानाशाहों का तख्ता पलट दिया गया तो उनके द्वारा बनाया गया संस्थानीकृत ढाँचा बचा रह गया और वह आधुनिक विश्व की एक महत्त्वपूर्ण विरासत बन गया।

स्पार्टा और एथेंस ने अपनी राजनीतिक गतिविधि में समाज के अधिक बड़े क्षेत्रों को शामिल करके राज्यों का निर्माण किया और इस तरह लोकतंत्र की बुनियाद रखी गई।

ई.पू. आठवीं शताब्दी और सातवीं शताब्दी के आरंभ में स्पार्टा का विकास एक युद्धप्रिय नगर-राज्य के रूप में आरंभ हुआ, जिसमें एक

कठोर सामाजिक व्यवस्था और एक सरकार के साथ-साथ सभी नागरिकों का प्रतिनिधित्व करनेवाली एक सभा भी थी। इस बीच एथेंस सबसे बड़ा नगर-राज्य बन गया, जिसमें एटिक प्रायद्वीप के कई क्षेत्र जुड़ गए थे। उच्च कुल के सोलोन के नेतृत्व में एथेंस में एक ऐसी सामाजिक व्यवस्था विकसित हुई, जिसमें सत्ता का आधार अभिजात वर्ग में जन्म लेने के बजाय धन-दौलत को बनाया गया। इस प्रकार स्पार्टा और एथेंस ने भिन्न-भिन्न तरीकों से राज्यों का निर्माण किया। ऐसा करते हुए उन्होंने अपनी राजनीतिक गतिविधि में समाज के अधिक व्यापक क्षेत्रों को शामिल किया और लोकतंत्र की बुनियाद रखी। किसी भी पिछले समाज ने ऐसा नहीं किया था। ई.पू. छठी शताब्दी में कुरोश-ए-बोजोर्ग (साइरस महान् के अधीन फारसी साम्राज्य के एकीकरण से यूनान के अनुभवहीन राज्यों के लिए बड़ा संकट उत्पन्न हो गया) पूर्व और पश्चिम के बीच संघर्ष का समाधान ही क्षेत्र के संपूर्ण भविष्य को बना सकता था। यूनान के लोगों के लिए यह जीवन को बनाए रखने का सवाल था; जबकि दूसरी ओर, फारस के निवासियों के लिए यूनान पर कब्जा करना सिर्फ उनकी साम्राज्यवादी योजना का हिस्सा था। फिर भी, फारस के युद्धों का महत्त्व है, क्योंकि उनके कारण शताब्दियों की उद्देश्यपूर्ण पारस्परिक-क्रिया के बाद ग्रीस और समीपवर्ती पूर्व के बीच अलगाव हो गया।

490 ई.पू. में पहला फारस युद्ध थोड़े समय का था। फारस ने लगभग 20,000 पैदल सैनिकों और 800 घुड़सवारों की छोटी सी फौज एथेंस को सबक सिखाने के लिए भेजी, क्योंकि एथेंस ने एशिया माइनर में एक छापामारी में भाग लिया था। यूनानियों ने 10,000 सैनिकों के साथ एटिक प्रायद्वीप के पश्चिमी तट पर मैराथन के मैदान में उस फौज का मुकाबला किया। यूनानी रण-कौशल, उनके बढ़िया बख्तर और नई व्यूह-रचना का संयोजन इस युद्ध में निर्णायक सिद्ध हुआ और फारसी सेना को खदेड़ दिया गया।

पौराणिक राजा मिनोस

एथेंस के संदेशवाहक फेडीपिंडसन को इस अनुरोध के साथ स्पार्टा भेजा गया कि जब फारस की फौज मैराथन में कदम रखे तो यूनान की मदद की जाए। वह दो दिनों में 240 कि.मी. (150 मील) दौड़ा। फिर वह मैराथन शहर के समीप, युद्धस्थल से 40 कि.मी. (26 मील) दौड़ कर एथेंस गया—मैराथन के युद्ध में फारस पर यूनान की विजय की घोषणा करने के लिए, इस संदेश के साथ-साथ कि "हम जीत गए हैं।" संदेश तो उसने पहुँचा दिया, लेकिन बहुत अधिक थकान के कारण मौके पर ही उसकी मृत्यु हो गई।

481-479 ई.पू. का दूसरा फारसी युद्ध बिलकुल दूसरी तरह का था। फारस के बादशाह खशयार शाह ने एक बहुत बड़े बेड़े और 1,00,000 से अधिक सैनिकों की फौज के साथ ग्रीस पर आक्रमण कर दिया। थर्मोपिलई में स्पार्टा की सेना को बड़े संघर्ष में पराजित करने के बाद फारसियों ने मध्य यूनान पर कब्जा कर लिया और यूनानी सेना पेलोपोनेसक के दक्षिण की ओर पीछे हट गई। एटिक प्रायद्वीप पर कब्जा हो गया और एथेंस लूटपाट का शिकार हुआ। तथापि समुद्री लड़ाई में यूनानियों ने सेलेसिस की खाड़ी में फारसी बेड़े को पूरी तरह नष्ट कर दिया। खशयार शाह तुरंत पीछे हट गया और एशिया की ओर चला गया। तत्पश्चात् अगले वर्ष उसे प्लातय्या के युद्ध में करारी मैदानी हार मिली, जिसमें यूनानी कवच और राजनीति की श्रेष्ठता निर्णायक सिद्ध हुई। फारसी विस्तारवाद फिर कभी यूनान के लिए खतरा नहीं बना।

फारसी युद्धों ने एक जीवंत सांस्कृतिक क्षेत्र को तोड़-फोड़ दिया और एक विभाजित एशिया एवं यूरोप की धारणा पक्की हो गई।

फारसी युद्धों का सबसे महत्त्वपूर्ण नतीजा यूनान और निकट-पूर्व के बीच एक अवरोध उत्पन्न करना था, जिसने फोनीशिया, लिडिया,

मिस्र (इजिप्ट) समेत एक जीवंत सांस्कृतिक क्षेत्र तथा निकट पूर्व की अन्य संस्कृतियों को भंग कर दिया। उस अवरोध को अगली शताब्दी के मध्य तक तोड़ा नहीं जा सका और एक विभाजित एशिया एवं यूरोप की धारणा स्थायी हो गई।

फारस का खतरा दूर कर दिए जाने के बाद यूनानी संघ (हेलेनिक लीग) के सदस्यों के बीच छोटे-मोटे टंटे और कहा-सुनी शुरू हो गई। स्पार्टा को जब लगा कि उसका काम पूरा हो गया है, वह संगठन से अलग हो गया और एथेंस ने लीग को अपने नियंत्रण में ले लिया। थेमिस्टोकिल्स और किमोन के नेतृत्व में एथेंस ने संघ को पुनर्गठित कर उसे 'डेलियन लीग' का नाम दिया। इस संगठन में लगभग 150 नगर-राज्य थे और नेतृत्व एथेंस के हाथों में था। अपने सैन्य बल का निर्माण करने के लिए अन्य सदस्य राज्यों से प्राप्त आर्थिक अंशदान का उपयोग करके एथेंस ने यूनानी संघ को वस्तुतः निजी साम्राज्य में बदल दिया।

□

2

सफरी शिक्षक

फारसी युद्धों और एथेंस तथा स्पार्टा के बीच निरंतर संघर्ष से उत्पन्न राजनीतिक एवं सामाजिक कायापलट का कम-से-कम एक अनभिप्रेत परिणाम अवश्य हुआ। पाँचवीं शताब्दी में एथेंस में नए-नए विचारों की बाढ़-सी आ गई। सामान्य तौर पर, इन विचारों को लानेवाले वे आइनियन (प्राचीन यूनान) विचारक थे, जो एटिक प्रायद्वीप में आकर बसने लगे थे। एथेंस एक तरह से यूनानी जगत् का बौद्धिक एवं कलात्मक केंद्र बन गया था। इसके अलावा, मध्य-पाँचवीं शताब्दी तक उन्नतिशील विचारकों के लिए प्राकृतिक विश्व की परंपरागत व्याख्याओं को अस्वीकार कर देना अधिक सामान्य हो गया था।

एक शताब्दी तक युद्धों में उलझे रहने के अनुभव के फलस्वरूप धार्मिक मान्यताएँ कम हो गई थीं। देवी-देवताओं के प्रति अब उतना ही सम्मान नहीं दरशाया जाता था जितना कि एक शताब्दी पहले। फारसी और पेलोपोनेशियन युद्धों ने सिखा दिया कि पुरुषों एवं स्त्रियों के कृत्य ही उनका भाग्य तय करते हैं, न कि मोइरा (किस्मत)। इस बीच सही और गलत के बारे में चली आ रही बहुत सी परंपरागत धारणाओं पर सवाल किए गए, चर्चा की गई और इन सब बातों को यूनानी त्रासदी तथा कामदी (सुखांत नाटक) में अभिव्यक्त किया गया।

ब्रह्मांड में जो कुछ भी है, जल से बना था और जल में ही घुल-मिल जाता है। देवी-देवताओं की उत्पत्ति का आधार प्राकृतिक स्रोतों को नहीं माना जाता।

सुकरात-पूर्व दार्शनिक आइनिया प्रदेश (वर्तमान टर्की में मध्य तटवर्ती अनातोलिया का क्षेत्र) में मिलेटस नगर से आए। मिलेटस एक प्रमुख व्यापार केंद्र था और वहाँ के लोग समीपवर्ती पूर्व के विचारों के साथ सीधा संपर्क रखते थे। 600 ई.पू. के आस-पास मिलेशियन विचारकों ने एक साधारण-सा किंतु गंभीर प्रश्न पूछकर चिंतन का 'आविष्कार' किया—"क्या विद्यमान रहता है?"

इस प्रश्न का उत्तर आयनिया के जन्मजात दार्शनिक मिलेटस के थैलिस (624-548) ने इस प्रकार दिया कि ब्रह्मांड में सबकुछ पानी से बना था और वह पानी में ही घुल-मिल जाता है। थैलिस के बारे में क्रांतिकारी बात यह थी कि उसने प्रकृति के स्रोतों के वर्णन में देवताओं को शामिल नहीं किया। यह उल्लेख करना भी जरूरी है कि थैलिस ने अपने विचारों को कहीं भी लिखित में नहीं छोड़ा।

मिलेट्स के अनाक्सीमंदेर (611-547 ई.पू.) ने थैलिस के विचारों को नकार दिया और उनके बदले में यह तर्क प्रस्तुत किया कि सभी चीजों का स्रोत—एक अनिश्चित-अंतहीन—पदार्थ था। अनाक्सीमंदेर के अनुसार, शीत और नमी के घनीभूत होने से पृथ्वी बनी, जबकि उत्तप्त एवं शुष्क पदार्थ से चंदा, सूरज और तारे बने। आकाश में अग्नि की गरमी ने पृथ्वी को सुखा दिया और समुद्रों को छोटा कर दिया। यह कुछ-कुछ काल्पनिक योजना लगती है, फिर भी अनाक्सीमंदेर ने कम-से-कम प्राकृतिक संसार की उत्पत्ति के बारे में स्वाभाविक स्पष्टीकरण पाने की कोशिश तो की।

थैलिस और अनाक्सीमंदेर दोनों 'पदार्थ' दार्शनिक थे। उनका मानना था कि हर चीज की उत्पत्ति किसी भौतिक पदार्थ से हुई। समोस के पाइथागोरस (580–507 ई.पू.) ने भौतिक पदार्थों में वैसा कुछ नहीं पाया, बल्कि उसने प्रकृति की योजना को गणितीय संबंधों में देखा। पाइथागोरस को माननेवाले दक्षिण इटली में यूनानी नगरों में रहते थे। उन्होंने पता लगाया कि सांगीतिक सरगम में अंतराल को गणितीय रूप से व्यक्त किया जा सकता है और यह कि इस सिद्धांत को ब्रह्मांड अथवा सृष्टि पर भी लागू किया जा सकता है। कहने का तात्पर्य यह था कि सृष्टि में एक अंतर्निहित गणितीय व्यवस्था है। हम देखते हैं कि पाइथागोरस के अनुयायी पदार्थ के बजाय रूप–विधान पर जोर देते हैं। यहाँ हम भाव–बोध से गणित के तर्क–शास्त्र की ओर बढ़ते हैं।

ईलिया के परमेनिदिस (515–450 ई.पू.) ने भी आइनिया के दार्शनिकों के इन मौलिक विचारों को ललकारा कि सभी चीजों की उत्पत्ति एक ही पदार्थ से हुई। परमेनिदिस ने इतना ही किया कि उसने पाइथागोरस की दलीलों पर तर्कशास्त्र को लागू किया। इस तरह औपचारिक तर्कशास्त्र का आधार तैयार हुआ। उसने तर्क प्रस्तुत किया कि वास्तविकता एक है, शाश्वत है और अपरिवर्तनशील है। हम वास्तविकता की 'पहचान' करते हैं—उन अनुभूतियों से नहीं, जो धोखे में डाल सकती है, बल्कि मानव मन के जरिए वास्तविकता को जान पाते हैं; अनुभव से नहीं, अपितु विवेक से। जैसा हम आगे देखेंगे, यह धारणा प्लेटो के दर्शन संबंधी चिंतन की धुरी होगी।

> *हम वास्तविकता को 'पहचानते' हैं उन अनुभूतियों को नहीं, जो धोखे में डाल सकती हैं, बल्कि मानव मन के जरिए; अनुभव से नहीं, अपितु विवेक से।*

संभवतः सुकरात युग-पूर्व के भी दार्शनिकों में से सबसे महत्त्वपूर्ण दार्शनिक इफेसस का हेराक्लिटस (500 ई.पू.) था। उसे 'रोता दार्शनिक' कहा जाता था, क्योंकि मानव स्वभाव के बारे में उसके विचार निराशावादी और 'दुर्बोध' थे, जिसका कारण था उसके सोच-विचार की रहस्यात्मक अस्पष्टता। हेराक्लिटस ने 'ऑन नेचर' लिखी, जिसके कुछ अंश अभी तक हमारे पास हैं। पाइथागोरस के अनुयायियों ने जहाँ समरसता पर जोर दिया, वहीं हेराक्लिटस ने सुझाव दिया कि जीवन को दो विरोधियों की तनातनी द्वारा बनाए रखा जाता है, जो निरंतर एक ऐसी लड़ाई लड़ते रहते हैं, जिसमें किसी भी पक्ष को निर्णायक विजय प्राप्त नहीं होती है। व्यक्तियों के लिए गति और परिवर्तन का प्रवाह कभी नहीं रुका, लेकिन ब्रह्मांड की संरचना स्थिर रहती है। एक स्थायी सर्वव्यापक ढाँचे के अंदर व्यक्तिगत प्रवाह के इस नियम की गारंटी अग्नि के प्रतीक के रूप में, एक प्रज्ञावान् नियंत्रणकारी सिद्धांत स्वरूपी शब्द (लोगोस) को सम्मिलित करके दी गई, जिसे आत्मा या जीवन का प्रतीक भी माना गया।

अग्नि आदिकालीन तत्त्व है और सबकुछ अग्नि में से ही उत्पन्न हुआ है—परिवर्तन (शोभनीय) सृष्टि का पहला नियम है। हेराक्लिटस के एक अनुयायी क्रेटाइलस ने एक बार यह टिप्पणी की कि "आप एक ही नदी में दो बार नहीं उतर सकते।" नदी का जल दूसरी बार भिन्न जल होगा और यदि हम नदी को वही नदी कहते हैं तो वह इसलिए, क्योंकि हम उसकी शक्ल-सूरत में उसकी वास्तविकता देखते हैं। इसका तार्किक निष्कर्ष प्रवाह का उलटा है, अर्थात् एक परिपूर्ण, अपरिवर्तनशील वास्तविकता में एक विश्वास, जिसके परिवर्तन का संसार और गति सिर्फ एक अर्ध-विद्यमान छायाभास, दृश्यमान है, वास्तविक नहीं है।

अब्दीश के डेमोक्रिटस (460-370 ई.पू.) का तर्क था कि ज्ञान की उत्पत्ति इंद्रियजन्य बोध से होती है। इंद्रियाँ हमें बताती हैं कि प्रकृति में परिवर्तन अवश्य होता है। फिर भी, डेमोक्रिटस ने भी मानव विवेक

फारसी शासक कुरोश-ए-बोजोर्ग

में परमेनिदिस के विश्वास को कायम रखा। उसके ब्रह्मांड में खाली स्थान था और परमाणुओं (ए-टोमोस, जिसे काटा न जा सके, अर्थात् और टुकड़े न किए जा सकें) की असीम संख्या। ये शाश्वत और अविभाज्य परमाणु अंतरिक्ष के शून्य में घूमते रहते हैं। इस पूर्णतया परमाणविक सिद्धांत में डेमोक्रिटस ने देखा कि सारे पदार्थ परमाणुओं के बने होते हैं और प्राकृतिक जगत् में सारे परिवर्तन इन्हीं के कारण होते हैं।

थैलिस से लेकर डेमोक्रिटस तक सुकरात-पूर्व विचारकों ने जिस सिद्धांत का प्रतिपादन किया, वह किसी चमत्कार से कम नहीं था। उन्होंने प्रकृति को एक तर्कसंगत एवं अकल्पित आधार प्रदान किया था।

इस नए दृष्टिकोण को लेकर सिद्धांतों का आलोचनात्मक विश्लेषण किया गया, जबकि पौराणिक व्याख्याओं ने अविचारित आस्था पर ही भरोसा किया। इस तरह की मनोवृत्ति चिकित्सा-विज्ञान में भी पाई गई, जहाँ कॉस के यूनानी चिकित्सक हिप्पोक्रेटिस (460-377 ई.पू.) ने जादू-टोने और औषधि के बीच अंतर को स्पष्ट किया। डॉक्टरों ने बीमार रोगियों का निरीक्षण किया, लक्षणों को वर्गीकृत किया और फिर बीमारी के ढर्रे के बारे में भविष्यवाणी की। उदाहरण के लिए, मिर्गी के बारे में उसने लिखा—"मेरे विचार में, यह दूसरी बीमारियों की अपेक्षा अब कोई अधिक दैवी प्रकोप या अधिक भयावह रोग नहीं है, बल्कि इसका एक स्वाभाविक या जन्मजात कारण होता है। और किसी तथाकथित दैवी प्रकोप को इसका कारण मानना लोगों की अज्ञानता को दरशाता है और वे इस रोग के विशिष्ट लक्षणों को समझने के बजाय उन पर अपना आश्चर्य व्यक्त करते हैं।"

एथेंस का स्वर्णिम युग पेरिक्लिस (अर्थात् यश-गौरव से भरपूर) का युग कहलाता है। यह युग ई.पू. 445 से 431 तक कायम रहा और इसे मानव के सभ्य जीवन में संपूर्णता का प्रतीक माना जाता है। इस समय तक एथेंस एक लोकतंत्र बन चुका था और यह अभिजात वर्ण के थोड़े से जमींदार परिवारों एवं बहुसंख्य गरीबों के बीच लंबे समय तक चले संघर्ष का ही परिणाम था। पेरिक्लिस को हर वर्ष राज्य का पहला नागरिक चुना गया और उसने बड़ी कुशलता के साथ सभी नागरिकों के लिए, अभिजात वर्ग एवं साधारण जन के लिए, धनी व निर्धन के लिए राजनीतिक अधिकारों को बनाए रखा। यद्यपि स्त्रियों या दासों को उनसे वंचित रखा गया था। पेरिक्लिस ने कला एवं साहित्य को बढ़ावा दिया। यही एक मुख्य कारण था कि एथेंस को प्राचीन यूनानी संसार का शैक्षिक एक सांस्कृतिक केंद्र बने रहने का सम्मान प्राप्त है। उसने पार्थेनन सहित एक्रोपोलिस पर अनेक भवन बनवाए, जिनमें से अधिकतर आज भी

विद्यमान हैं। इस निर्माण परियोजना ने नगर को सुंदर व आकर्षक बना दिया, नगर के गौरव को प्रदर्शित किया और लोगों को काम दिया। गरीब लोगों को धनी लोगों जितना ही सदाचारी और योग्य माना गया। निर्धन वर्ग में से एक व्यक्ति का नाम 'एस्कीलस' था, जो यूनानी नाटककार था। एस्कीलस ने अपने एक प्रसिद्ध नाटक में लिखा—''न्याय धुएँ की कालिख से भरे घरों में चमकता है।'' और दार्शनिक प्रोटोगोरस ने कहा—''कोई भी ईमानदार, निष्पक्ष एवं समादरपूर्ण व्यक्ति सार्वजनिक मामलों पर सलाह देने योग्य है।''

पेरिक्लिस की संतुलित नीति का अकसर विरोध हुआ—कभी दक्षिणपंथी अभिजात वर्ग द्वारा और कभी वामपंथी लोकतांत्रिक वर्ग द्वारा। लेकिन जब ई.पू. 431 के वसंत के मौसम में स्पार्टा के साथ युद्ध छिड़ा, उस समय एथेंस के प्रति निष्ठा की प्रबल भावना ने नगर को राजनीतिक रूप से एक कर दिया। इस समय यूनान के अधिकतर समुदाय या तो एथेनियन साम्राज्य के नेतृत्वाधीन थे—जो लोकतांत्रिक, व्यापारिक एवं औद्योगिक था—या स्पार्टा के साम्राज्य के अधीन थे, जो अधिकारवादी, सैन्यवादी और कृषि समर्थक था। पेलोपोनेशिया के युद्ध से स्पष्टतः यह सिद्ध हो गया कि यह संघर्ष एथेंस के लोकतांत्रिक शासन और स्पार्टा के अधिकारवादी शासन के बीच है। स्पार्टा की सत्ता युद्धप्रिय लोगों के हाथों में थी। सारी शक्ति, सारे अधिकार उन्हीं की मुट्ठी में थे। युद्ध के दूसरे वर्ष में एथेंस में प्लेग फैल गया, जिस पर काबू पाना मुश्किल हो रहा था। एथेंस में बहुत अधिक जमघट था और शहर तेजी से कंगाली की ओर बढ़ रहा था। लोकतांत्रिक एथेंस ने 404 ई.पू. में अंततः स्पार्टा के आगे घुटने टेक दिए। स्पार्टा ने एथेंस को तबाह करने के बजाय, वहाँ के शासन की बागडोर एथेंस के देशद्रोही लोकतंत्र-विरोधी अभिजात वर्ग को सौंप दी, जिन्हें 'तीस तानाशाह' कहा गया। ये लोग उस कुलीन वर्ग के थे, जो परंपरागत रूप से लोकतंत्र को तुच्छ

समझते थे और गुटतंत्र को पसंद करते थे।

परिवर्तन के ऐसे वातावरण में सफरी शिक्षकों का आगमन हुआ, जिन्हें कुतर्की या वितंडावादी कहा जाता है। इन वितंडावादियों (सोफिस्ट) के समूह में तरह-तरह के लोग थे—कुछ एथेनिया नगर से थे या अन्य नगर-राज्यों से, लेकिन अधिकतर लोग आइनिया, एशिया माइनर से थे। इन वाक्पटु लोगों की जिम्मेदारी थी—एथेनिया के नागरिकों के पुत्रों को प्रशिक्षित करना और शिक्षा देना। तब इस तरह के औपचारिक विद्यालय नहीं थे जैसे आजकल होते हैं। औपचारिक रूप से स्थापित स्कूलों के बजाय ये चलते-फिरते स्कूल हुआ करते थे, जिसका तात्पर्य यह है कि शिक्षक छात्रों को साथ लेकर चलता था और उनसे वार्त्तालाप करता था—बेशक इस कार्य के लिए वह शुल्क लेता था। बातचीत में कुशल ये शिक्षक अलंकार-शास्त्र और वक्तृत्व-कला की शिक्षा देते थे। एथेनियन नागरिकों को शिक्षा के लिए ये दोनों कलाएँ आवश्यक थीं। आखिरकार, नागरिकों के इन पुत्रों को ही तो आगे चलकर सभा में और 500 सदस्यों की परिषद् में महत्त्वपूर्ण विषयों पर वाद-विवाद में हिस्सा लेना था। ऐटॉरिक (वाग्मिता) को संयोजन कला कहा जा सकता है, जबकि ऑरेटरि (वाक्पटुता) को भाषण-कला।

वितंडावादियों (वक्तृत्व में निपुण शिक्षकों) ने समझाने-बुझाने या मनाने की विचक्षण कला सिखाई। वे प्रभावशाली ढंग से, धारा-प्रवाह बोलते हुए तक-वितर्क करते—और किसी दृष्टिकोण को परखते कि क्या वह दृष्टिकोण सही है या गलत। महत्त्वपूर्ण था समझा-बुझाकर मनाना या विश्वास जमाना, न कि सच्चाई। ये शिक्षक सापेक्षवादी भी थे। वे मानते थे कि सार्वभौम या संपूर्ण सत्य जैसी कोई चीज नहीं होती है, जो हर समय मान्य हो। प्रोटागोरस (485-411 ई.पू.) के अनुसार, "मनुष्य सभी चीजों की कसौटी है।" हर वस्तु सापेक्ष है और मनुष्य, एकल मनुष्य, सभी चीजों की कसौटी है। कुछ भी अच्छा या बुरा नहीं

होता, सबकुछ व्यक्ति पर निर्भर करता है। लियोन्तिनी (485-380 ई.पू.) का जार्जियस वाग्मिता का शिक्षक था, अच्छा वेतन पाता था और अपने इस कथन के लिए प्रसिद्ध था कि मनुष्य कुछ नहीं जान सकता। और यदि वह जान सकता तो उसका वर्णन नहीं कर सकता—और यदि वह वर्णन कर सकता तो उसे कोई समझ नहीं पाता।

अपने चरमोत्कर्ष पर वितंडी शिक्षकों ने पाँचवीं सदी के स्वीकृति मूल्यों को चुनौती दी। वे चाहते थे कि पुरानी प्रथाओं पर झाड़ू फेरने की स्वतंत्रता होनी चाहिए, ताकि सृष्टि को अधिक अच्छी तरह समझा जा सके। वितंडी शिक्षकों की तुलना 18वीं सदी ज्ञानोदय के दार्शनिकों के साथ की गई है, जिन्होंने अलोचना और तर्क का उपयोग हर उस चीज को मिटाने, समाप्त करने के लिए किया जिसे वे मानव विवेक के विपरीत समझते थे। वाक्पटु शिक्षकों के समूह की बात हो या अलग-अलग शिक्षक की, उस पर ध्यान दिए बिना इतना अवश्य कहा जा सकता है कि ब्रह्मांड और मनुष्य के बारे में कल्पित, मनगढ़ंत धारणा को और भी कमजोर करने, अमानवोचित सिद्ध करने में उन सभी का एकत्रित प्रभाव था।

□

3

सत्य की खोज

वाक्पटु-वितंडी शिक्षकों के बीच से ही सुकरात का उदय हुआ, जो एथेन का शायद सबसे अधिक प्रभावशाली, उदात्त एवं बुद्धिमान व्यक्ति था। उसका पिता सोफ्रोनिकस एक पत्थर-तराश था और उसकी माता फैनॉरिट एक दाई थी। सोफ्रोनिकस ईमानदार एवं निष्पक्ष एरिस्टिदेस (550-468 ई.पू.) के पुत्र का घनिष्ठ मित्र था और युवा सुकरात पेरिक्लिस की मंडली के सदस्यों से परिचित था। अपनी युवावस्था में उसने पेलोपोनेशिया के युद्धों के दौरान पोटिदाआ (432-429 ई.पू.), डेलिय (424 ई.पू.) और एक्फीपोलिस (422 ई.पू.) में एक उड़न-दस्ते (हापलाइट) के रूप में लड़ाई में भाग लिया।

सुकरात बाद में दर्शनशास्त्र के अध्ययन में इतना खो गया कि वह अपने निजी मामलों की भी अनदेखी करने लगा, जिसका परिणाम यह हुआ कि वह दूसरों की तुलना में अंततः गरीबी के स्तर तक पहुँच गया। उसे शायद अपने परिवार की अपेक्षा दर्शनशास्त्र के अध्ययन से ज्यादा प्रेम था। उसकी पत्नी जैंथिप उम्र में सुकरात से बहुत छोटी थी, लगभग चालीस वर्ष। वह झगड़ालू, सिर खानेवाली और चिड़चिड़े स्वभाव की थी। तथापि सुकरात को अपने तीनों पुत्रों के भविष्य की चिंता रहती थी। सुकरात में एक बात कमाल की थी; वह उसी तरह का जीवन व्यतीत करता था, जो वह पढ़ाता था। सुकरात कोई शुल्क लिये बगैर ज्ञान प्रदान

रोड्स के अवशेष

करने के उद्देश्य से कोई बहस छेड़ देता और उस पर पूरी तरह छाया रहता। जहाँ कहीं और जब कभी युवा व समझदार लोग उसे सुनना चाहते, वह ऐसा ही करता। वह अपनी बुद्धिमानी के लिए इतना प्रसिद्ध था कि लोग व्यावहारिक आचरण के मामलों एवं शिक्षा संबंधी समस्याओं के बारे में उसकी सलाह माँगते थे।

सुकरात अपने उपदेशों के अनुरूप ही जीवन व्यतीत करने के लिए विख्यात था।

सुकरात का व्यक्तित्व आकर्षक नहीं था। उसकी नाक चपटी थी। वह जल्दी गंजा हो गया था और उसका वजन भी ज्यादा था। लेकिन शरीर से वह मजबूत था और जो भी उसके संपर्क में आता, उसे वह अपने बौद्धिक ज्ञान से चकित कर देता था। जब वह अगोरा (सभा-स्थल के लिए यूनानी शब्द) के रास्तों पर जाता, एथेन के युवक जाकर उसे घेर लेते थे। वे उसके हर शब्द और संकेत को पकड़कर रखते।

ई.पू. 399 में उसके 507 नागरिकों के निर्णायक मंडल ने उस पर अनास्था एवं नास्तिकता का आरोप लगाया। उसके अत्यंत प्रसिद्ध शिष्य प्लेटो का कहना है कि उस पर लगाए गए आरोपों के अनुसार "उसे कुकर्मी और ऐसा जिज्ञासु व्यक्ति कहा गया, जो पृथ्वी के नीचे और आकाश के ऊपर की चीजों की खोज में लगा रहता था और बुरी-से-बुरी बात को भी बेहतरी के हित में दिखाने का प्रयास करता था, और इन्हीं सब बातों की शिक्षा दूसरों को देता था।" उसे दोषी करार देने के पक्ष में 6 वोट ज्यादा पड़े और उसे मृत्युदंड की सजा सुनाई गई। विचित्र-सी बात है कि जूरी ने उसे यह भी मौका दिया कि वह चाहे तो थोड़ा सा हर्जाना देकर अनास्था के आरोप से मुक्त हो सकता है। उसने इस प्रस्ताव को नहीं माना। उसने प्लेटो तथा अन्य छात्रों के निवेदन को भी ठुकरा दिया, जिन्होंने उसके लिए पाइरियस में एक नाव की व्यवस्था

की थी, ताकि उसे कहीं दूर ले जाया जा सके, जहाँ वह आजादी की साँस ले सके। लेकिन सुकरात ने कानून तोड़ने से मना कर दिया। यदि वह जूरी के फैसले को स्वीकार करने से इनकार कर देता तो उसे किस तरह का नागरिक माना जाएगा? वह नागरिक ही नहीं रहेगा। घातक विष का प्याला पीने से पहले अपने अंतिम दिन उसने अपने मित्रों के साथ बिताए।

सुकरात के विरुद्ध लगाया गया आरोप था—राज्य के देवताओं में अनास्था—अर्थात् एथेन की मान्यताओं के विपरीत व्यवहार एवं कार्य, जिनकी यदि खुलेआम शिक्षा दी गई तो युवकों का मन बहक जाएगा और राज्य भ्रष्ट हो जाएगा। उसके विरुद्ध अभियोग-पत्र लानेवाला 'मिलिटस' नाम का एक नागरिक था, जो पेरिक्लिस के मित्रों के अनास्था संबंधी विचारण (मुकदमों) में मिसाल कायम करना चाहता था। यद्यपि सुकरात न तो कोई विधर्मी, स्वेच्छाचारी या परंपरा-विरोधी था, न ही वह कोई अज्ञेयवादी या विश्वासी था। उसके विरुद्ध पूर्वग्रह था, द्वेष था। वह वैर-भाव, शत्रुता उकसाने में भी सफल हुआ। मिसाल के तौर पर, डेल्फिक देववाणी ने सुकरात के एक निष्ठावान् मित्र एवं अनुयायी, चाइरेफॉन को यह कहा बताया जाता है कि सुकरात से अधिक बुद्धिमान कोई नहीं है। विचारण के दौरान सुकरात ने उसे सभी एथेनवासियों के आचरण को अपने दृष्टिकोण से देखने-परखने के औचित्य का प्रभाव बताने की धृष्टता दिखाई और दावा किया कि उनके झूठ को उजागर करके उसने ईश्वर को सत्य साबित किया है। उसे कम-से-कम इतना तो पता है कि वह कुछ नहीं जानता। हालाँकि यह प्रकरण सुकरात की व्यंग्य-बाण छोड़ने की जानी-पहचानी प्रवृत्ति को प्रकट करता है, फिर भी उसका दृढ़ विश्वास था कि उसका उद्देश्य दिव्यलोक से प्रेरित है।

सुकरात को एक खिझानेवाला व्यक्ति बताया गया है (ऐसा व्यक्ति, जो उलट-पुलट या नए-नए सवाल पूछकर यथा-स्थिति को बिगाड़ देता

है या सिर्फ चिढ़ाने का काम करता है)। यह आरोप कुछ-कुछ सही क्यों लगता है, उसका कारण यह है कि उसने अपने शिष्यों को ललकारा कि वे अपने बारे में सोचें, अपनी बुद्धि का इस्तेमाल सवालों के जवाब पाने के लिए करें। उसने उत्तर प्रकट नहीं किए। उसने सत्य को उद्घाटित नहीं किया। "उसके बहुत से सवाल काफी सरल थे—साहस क्या है ? सद्गुण किसे कहते हैं ? कर्तव्य का क्या अर्थ है ? लेकिन सुकरात ने जो खोज की और उसने अपने शिष्यों को जिस बात का पता लगाने की शिक्षा दी, उससे यह जान पड़ता है कि अधिकतर लोग इन मूलभूत प्रश्नों का उसे संतोषजनक उत्तर नहीं दे सके। फिर भी वे साहसी, सदाचारी और कर्तव्य-परायण होने का दावा करते थे। बर्ट्रेंड रसेल ने सुकरात के बारे में लिखा—"शिक्षक का एक कर्तव्य यह भी होना चाहिए कि वह अपने शिष्यों के समक्ष मन की खिड़कियाँ खोले और परिदृश्य प्रस्तुत करे। उन्हें दिखाए कि कौन-कौन से कार्य ऐसे हो सकते हैं, जिन्हें करने में जितना आनंद आएगा उतने ही वे उपयोगी भी होंगे।"

सुकरात ने स्वयं कुछ भी नहीं लिखा। उसके बारे में जो कुछ भी हम जानते हैं, वह उसके दो अति-घनिष्ठ मित्रों—जेनोफन और प्लेटो की कृतियों में मिलता है। हालाँकि जेनोफन ने सुकरात के चार लघु शब्द-चित्र प्रस्तुत किए। फिर भी सुकरात में जितनी भी जानकारी हमें मिलती है, उसका श्रेय अकेले प्लेटो को जाता है। प्लेटो (427-347 ई.पू.) संभवतः सुकरात का सबसे प्रसिद्ध शिष्य था। वह उस समय 28 वर्ष का था, जब सुकरात को मृत्युदंड दिया गया। 40 वर्ष की आयु में प्लेटो ने एथेंस के नवयुवकों की शिक्षा के लिए एक स्कूल स्थापित किया। इस स्कूल को अकादमी कहा जाता था, जो 387 ई.पू. से 529 ई.पू. तक कायम रहा। तदनंतर बाइजेंटाइन सम्राट् जस्टीनियन द्वारा उसे बंद कर दिया गया।

सुकरात के बारे में जानकारी हमें प्लेटो द्वारा 399 ई.पू. के बाद

लिखे गए अनगिनत संवादों से प्राप्त होती है। लगभग हर संवाद में—और एक तरह के 30 से अधिक कथोपकथन हमारी जानकारी में हैं—सुकरात मुख्य वक्ता है। प्लेटो के संवाद की शैली महत्त्वपूर्ण है—पूरा वार्त्तालाप उसने सुकरात की शैली में प्रस्तुत किया है। सुकरात का संवाद प्रश्न-उत्तर के रूप में होता है। यह द्वंद्वात्मक शैली भी है। सुकरात किसी निष्कर्ष पर पहुँचने के उद्‌देश्य से एक प्रश्न के दोनों पक्षों पर तर्क-वितर्क करता है। फिर उस निष्कर्ष के बारे में किसी दूसरी धारणा के विरुद्ध वाद-विवाद किया जाता है और सिलसिला चलता रहता है।

जन्म के समय ज्ञान मानव मन में विद्यमान रहता है। यह ज्ञान इतना अधिक नहीं होता है जितना हम अपने दैनिक अनुभव में चीजों से 'प्राप्त करते' हैं, बल्कि इतना कि हम उन्हें 'याद' कर सकें।

सुकरात ने इस शैली को क्यों अपनाया और प्लेटो ने सुकरात के साथ अपने अनुभवों को संवाद के रूप में क्यों दर्ज किया, इसका एक कारण है। सुकरात ने प्लेटो को बहुत सी बातें सिखाईं, लेकिन एक बात की खोज प्लेटो ने कमोबेश खुद ही की। वह खोज यह थी कि मानव जाति को जन्म से ही ज्ञान प्राप्त होता है। अर्थात् जन्म के समय मानव मन में ज्ञान विद्यमान रहता है। यह ज्ञान इतना अधिक नहीं होता जितना हम अपने दैनिक जीवन में चीजों के अनुभव से 'सीखते' हैं, बल्कि इतना कि हम उन्हें 'याद' कर सकें। दूसरे शब्दों में, यह ज्ञान पहले से मौजूद रहता है। इसी से समझा जा सकता है कि सुकरात ने अपने शिष्यों को उत्तर क्यों नहीं दिए, केवल सवाल पूछे। उसका काम सच्चाई की शिक्षा देना नहीं था बल्कि अपने शिष्यों को यह दिखाना था कि वे अपने मन अथवा स्मृति से सच्चाई को बाहर कैसे 'खींच' सकते हैं। यही कारण है कि सुकरात स्वयं को प्राय: ज्ञान रूपी शिशु को जन्म दिलानेवाली

दाई समझता था। और उसके संवाद का यही विषय बिंदु है। क्योंकि सिर्फ वार्त्तालाप में, सिर्फ संवाद में सच्चाई और बुद्धिमानी प्रकाश में आ सकती है।

सुकरात ने बहुत बार कहा कि वह किसी भी विषय में विद्वान् नहीं है। प्रायः अपवाद के बिना उसने माना कि वह उस समय सिर्फ उस विषय या प्रश्न के सार को समझने की कोशिश कर रहा था, जिस पर चर्चा या विचार-विमर्श किया जा रहा था। जब भी कोई बुद्धिमान व्यक्ति प्रेम, सदाचार, न्याय या किसी अन्य दार्शनिक तत्त्व के बारे में निर्भीक उद्घोषणा करता, सुकरात एक साधारण सा प्रश्न पूछकर उत्तर देता। जब मेनो उस संवाद में जिस संवाद में उसका नाम आता है, सुकरात से पूछता है, "क्या सद्गुण सिखाया जा सकता है?" सुकरात प्रश्न करता है, "क्या तुम मुझे बता सकते हो कि सद्गुण किसे कहते हैं?" जब मेनो एक के बाद अनेक उत्तर देता है तो सुकरात टिप्पणी करता है कि मेनो ने कुछ कहा है, जो लगती तो एक बात है, लेकिन उसमें अनेक बातें ध्वनित होती हैं—कोई बहुत अच्छा उदाहरण नहीं। उसने मेनो से पूछा कि क्या सद्गुण की कोई एक समन्वित व्याख्या है ? इस प्रकार एक मैत्रीपूर्ण संवाद आरंभ होता है (एक तकनीक मात्र नहीं), जिसके चलते मनुष्यों में न केवल सद्गुण के तत्त्व पर चर्चा होती है, बल्कि ज्ञान और शिक्षा की सही प्रकृति का भी परीक्षण-विश्लेषण होता है।

"क्या सद्गुण सिखाया जा सकता है?" "क्या
तुम मुझे बता सकते हो, सद्गुण किसे कहते हैं?"

इस प्रकार, सुकरात का तरीका एक बातचीत का तरीका है, एक विचार-विमर्श है, जिसमें दो या दो से अधिक व्यक्ति कठिन प्रश्नों के उत्तर ढूँढ़ने में एक-दूसरे की सहायता करते हैं। सुकरात ने यह ढंग क्यों अपनाया? अपनी अज्ञानता के अनेक दावों के बावजूद सुकरात जिन

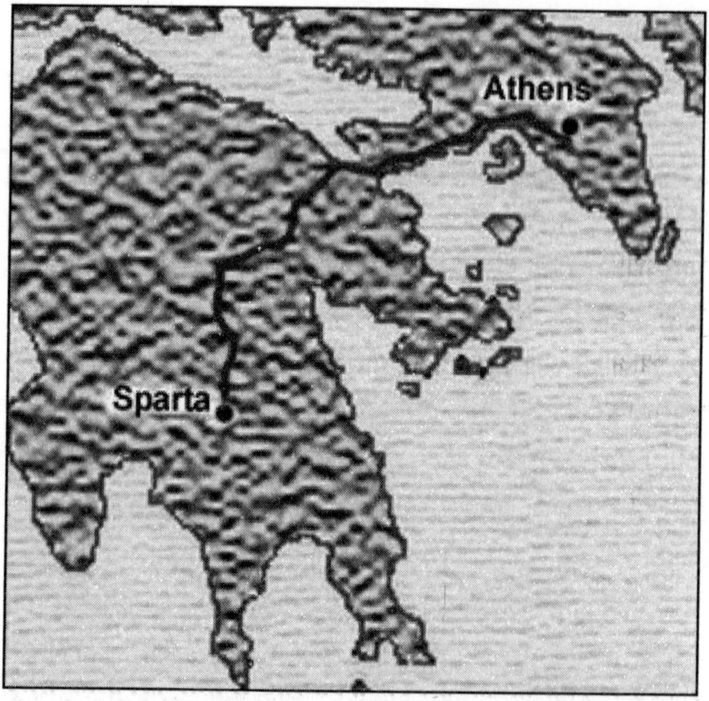

ग्रीक के दो राज्य, जहाँ भिन्न-भिन्न प्रकार की राज्य-व्यवस्था थी— स्पार्टा (अल्पतंत्र) व एथेंस (लोकतंत्र)

लोगों से बातचीत करता था, उनकी अपेक्षा वह इस बात को अधिक अच्छी तरह समझता था कि सिर्फ तथ्यों को 'जानना', पाठ को याद करना या व्याख्यानों को तोते की तरह रटना ही काफी नहीं है। यदि सच में कुछ जानना है, ज्ञान की खोज करनी है तो व्यक्ति को समझ व विवेक की दिशा में कदम बढ़ाना चाहिए। 'क्या' वाला प्रश्न हमें वहाँ तक ले जा सकता है, जहाँ हम देख सकें कि हम क्या करते हैं और हम क्या नहीं जानते हैं। इसी प्रकार 'क्यों' का सवाल हमें अपने संसार को अधिक पूर्णता के साथ और मूलभूत रूप से समझने की दिशा में ले जा सकता है।

यदि कोई छात्र आपको बताए कि एक समकोण-त्रिभुज के कर्ण पर वर्ग शेष दोनों तरफ के वर्गों के वर्गफल के बराबर होता है तो उसका कहना सच में सही होगा। लेकिन यदि आप इस छात्र से पूछें कि ऐसा 'क्यों' है तो क्या वह आपको वही उत्तर दे सकेगा ? यदि वह उत्तर नहीं दे सकता तो उसका अर्थ होगा कि उसने एक 'उत्तर' याद कर लिया है कि यद्यपि इसकी कुछ उपयोगिता हो सकती है फिर भी यह अपने कारणों का स्पष्टीकरण नहीं है। लेकिन यदि इसकी अनेक तर्कसंगत व्याख्याओं में से कोई एक व्याख्या भी देता है कि समकोण त्रिभुज में वर्णित विशेषता क्यों होती है तो वह न केवल यह व्यक्त करता है कि उसने कारणों को समझ लिया है, बल्कि इससे उसकी इस योग्यता का भी पता चलता है कि वह उस समझ को दूसरों तक भी पहुँचा सकता है।

इसके अलावा, उसकी समझ इस मायने में भी अधिक है कि उसका वर्णन कारण के बहुत नजदीक लगता है। विचार-विमर्श का तरीका छात्रों से अपेक्षा करता है कि वे प्रश्नों के उत्तर स्वयं तलाशें, दूसरों ने जो कुछ कहा या लिखा है उसकी वैधता पर विचार करें और (कुछ नहीं तो उसके बारे में) समूह में दूसरे विद्यार्थियों को अपनी निजी राय का तर्कसंगत समर्थन प्रदान करें। विचार-विमर्श की पद्धति यद्यपि एक महत्त्वपूर्ण साधन है, फिर भी लोगों को शिक्षित करने का यह एकमात्र तरीका नहीं है। विद्यार्जन करने की तीन विशिष्ट विधियाँ हैं।

मनुष्य जो समझ लेता है, उसे भूलता नहीं है और जब कोई व्यक्ति उस संसार को समझ लेता है, जिसमें वह रहता है और यह भी समझ लेता है कि उसमें उसका सही स्थान क्या है तो उसमें इतनी योग्यता आ जाती है कि वह न केवल अपनी बेहतरी के लिए, बल्कि अपने आस-पास के अन्य लोगों की बेहतरी के लिए भी सही दिशा का चुनाव कर सके। इसके अलावा, यह बात भी महत्त्व रखती है कि समझदारी को

बढ़ाने की क्रिया भौतिक जगत् तक ही सीमित नहीं है।

'आस्था तलाशने की समझ' वाक्यांश स्वीकार करता है कि जिन बातों को हम धार्मिक विश्वास के कारण जानते हैं, वे भी तर्क या विवेक के विपरीत नहीं हैं, भले ही वे तर्क के परे हों। धर्म-सिद्धांतों को ईश्वरीय वरदान और दैवी प्रकटन कहा जाता है। फिर भी व्यक्ति आस्था के अंतर्गत बहुत सी बातों के बारे में ज्ञान को बढ़ा सकता है। यह इसलिए संभव है, क्योंकि आस्था और विवेक एक-दूसरे के पूरक हैं; दोनों का साथ है।

मानव स्वभाव की यह वास्तविकता है कि व्यक्ति प्राय: सोचता है कि वह कुछ जानता है, जब तक कि उसे अपने उस ज्ञान को प्रकट करने के लिए बाध्य नहीं किया जाता। दूसरे शब्दों में, इसका अर्थ है—किसी बात का अस्पष्ट 'ज्ञान', जो वास्तव में किसी अनुभूति से कुछ अधिक नहीं होता—जिसका असली स्वरूप तब उद्घाटित होता है जब उसे विचार-विमर्श के प्रकाश की प्रक्रिया में लाया जाता है। इस प्रक्रिया की सुंदरता यह है कि अपने ज्ञान की सीमा का पता लगाने में हम न केवल यह जान लेते हैं कि हमारी अज्ञानता कहाँ समाप्त होती है, बल्कि यह भी कि हमारा वास्तविक ज्ञान कहाँ से आरंभ होता है।

□

4

सच्चरित्रता क्या है?

युदाइफ्रो (युकुफ्रॉन) प्लेटो के आरंभिक संवादों में से एक हैं, जो 399 ई.पू. के आस-पास का है। इसमें सुकरात है और युदाइफ्रो नाम का एक व्यक्ति है, जिसे धर्मशास्त्र का विशेषज्ञ माना जाता था। संवाद की जगह किंग-आर्चन के सभागार के नजदीक है, जहाँ ये दोनों व्यक्ति एक-दूसरे के सामने होते हैं। वे दोनों वहाँ संभावित विचारण से पहले आरंभिक सुनवाई के लिए आए हुए हैं। युदाइफ्रो अपने पिता के विरुद्ध हत्या के आरोपों को प्रस्तुत करने के लिए आया है, क्योंकि उसके पिता ने अपने एक कर्मचारी को बिना उचित देखभाल के मर जाने दिया। कर्मचारी ने नाकलोस द्वीप समूह पर पारिवारिक जायदाद के एक दास की हत्या कर दी थी और युदाइफ्रो के पिता ने हालाँकि संबंधित प्राधिकारियों से यह जानने की कोशिश की कि इस संबंध में उसे क्या करना चाहिए, वह कर्मचारी एक गड्ढे में बँधा पड़ा रहा और मर गया। उसका मुँह भी बाँध दिया गया था, ताकि बोल न सके।

सुकरात इस व्यक्ति के आत्मविश्वास पर आश्चर्य व्यक्त करता है, जो अपने ही पिता को इतने गंभीर आरोप के साथ न्यायालय में पेश करना चाहता है। व्यंग्यात्मक कही जा सकनेवाली शैली में सुकरात कहता है कि युदाइफ्रो को सच में स्पष्ट समझ है कि पवित्र और अपवित्र किसे कहते हैं। क्योंकि सुकरात स्वयं उन देवताओं को पूजकर अनास्था

के आरोप में घिरा हुआ है, जिन्हें पूजने की अनुमति शासन की ओर से नहीं है और वह स्पष्ट नहीं जानता कि पवित्रता का क्या अर्थ है, वह युदाइफ्रो से सीखने-समझने की आशा करता है। सुकरात युदाइफ्रो को पवित्रता की परिभाषाएँ प्रस्तुत करने का निमंत्रण देता है, ताकि वे दोनों उन व्याख्याओं पर चर्चा एवं विचार-विमर्श कर सकें।

युदाइफ्रो अभी जो कर रहा है, उसे वह अपनी ओर से सच्चरित्रता की पहली परिभाषा बताता है, अर्थात् वह अपने पिता पर मानव-हत्या का मुकदमा चला रहा है। सुकरात उसे अस्वीकार कर देता है, क्योंकि यह कोई व्याख्या नहीं है; यह सच्चरित्रता का एक उदाहरण या दृष्टांत मात्र है। इस व्याख्या से यह प्रकट नहीं होता है कि वह कौन सी आधारभूत विशेषता है, जो पवित्र चीजों को पवित्र बनाती है।

युदाइफ्रो फिर एक दूसरी परिभाषा देता है—सच्चरित्रता वह है जिसे देव उचित समझते हैं। सुकरात इस परिभाषा की प्रशंसा करता है, क्योंकि उसे साधारण शब्दों में व्यक्त किया गया है; लेकिन वह इस आधार पर इसकी आलोचना करता है कि देवों के बीच इस बारे में असहमति है कि उनका समर्थन किसके पक्ष में है। इसका अर्थ यह होगा कि कोई कार्य विशेष, जिस पर देवताओं का आपसी विवाद हो, एक ही समय में पवित्र और अपवित्र दोनों हो सकता है—तार्किक दृष्टि से यह स्थिति संभव नहीं है।

युदाइफ्रो सुकरात की आलोचना के विरुद्ध तर्क देने की कोशिश करता है, यह कहते हुए कि इस विषय पर तो देवों के बीच भी असहमति नहीं होगी कि जो कोई किसी औचित्य के बिना किसी की जान लेता है उसे दंड दिया जाना चाहिए। लेकिन सुकरात का तर्क है कि विवाद फिर भी उत्पन्न होंगे—इस बात को लेकर कि औचित्य था तो वास्तव में कितना था और इसलिए वही कार्य अभी भी पवित्र एवं अपवित्र दोनों तरह का हो सकता है।

''क्या पवित्र को देव इसलिए पसंद करते हैं,
क्योंकि वह पवित्र है? या वह पवित्र इसलिए है,
क्योंकि देवों को वह पसंद है?''

युदाइफ्रो अपनी दूसरी व्याख्या में अल्प मात्र संशोधन करके सुकरात की आपत्ति को पार कर जाता है। तीसरी परिभाषा इस प्रकार है—सभी देव जिसे उचित समझते हैं वह पवित्र है और जिसे वे सब उचित नहीं मानते वह अपवित्र है। इस बिंदु पर सुकरात एक कठिन एवं निर्णायक प्रश्न पूछ कर 'युदाइफ्रो द्विविधा' प्रस्तुत करता है, ''क्या पवित्र को देव इसलिए पसंद करते हैं, क्योंकि वह पवित्र है? या वह पवित्र इसलिए है, क्योंकि देवों को वह पसंद है?'' वह अपने प्रश्न को अधिक स्पष्ट करने के लिए एक ठेठ सुकराती तकनीक, अनुरूपता या तुलना का उपयोग करता है और युदाइफ्रो को यह मानने पर विवश कर देता है कि हम किसी विशिष्ट वस्तु को विशिष्ट सिर्फ इसलिए कहते हैं, क्योंकि वह विशिष्ट होती है, इसलिए नहीं कि उसमें कोई ऐसी अंतर्निहित विशेषता होती है या गुण होता है, जिसे हम 'विशिष्ट' कहते हैं। वह युदाइफ्रो को यह समझाने का प्रयास कर रहा है कि हम वही आगे ले जाते हैं, जो पहले से मौजूद होता है। हमारे ले जाए बिना भी यह चीज रहती है; हमारे ले जाने से यह अस्तित्व में नहीं आती है। जहाँ तक सच्चरित्रता का संबंध है, हम किसी उस चीज को पसंद या नापसंद करते हैं, जो किसी-न-किसी रूप में पहले से वहाँ विद्यमान होती है। हमारी पसंद या स्वीकृति से कोई कार्य स्वत: पवित्र नहीं हो जाता है। हमारे यह मान लेने के बाद ही किसी कार्य को स्वीकृति प्राप्त होती है कि वह कार्य पवित्र है, इसका उलटा नहीं होता है? या और सरल शब्दों में कहा जाए तो पवित्रता या उपयुक्तता पहले आती है और स्वीकृति बाद में। फिर भी, युदाइफ्रो की परिभाषा में यह स्वीकृति के बाद आती है और

उसे स्वीकृति का परिणाम माना जाता है। अतः युदाइफ्रो की परिभाषा त्रुटिपूर्ण है।

यह समझे बिना कि इससे उसकी तीसरी परिभाषा का खंडन होता है, युदाइफ्रो इस बिंदु पर स्वीकार करता है कि देवों को कोई कार्य इसलिए उचित लगता है, क्योंकि वह पवित्र होता है। सुकरात तर्क करता है कि देवों का सर्वसम्मत समर्थन पवित्रता का मात्र एक गुण है; यह इसके स्वरूप का वर्णन करनेवाली विशेषताओं का हिस्सा नहीं है। यह पवित्रता वास्तव में है क्या। अतः उससे पवित्रता की धारणा प्रकट नहीं होती है।

मैराथन का युद्ध

विचार-विमर्श के उत्तरार्ध में सुकरात स्वयं पवित्रता की एक परिभाषा प्रस्तुत करता है, अर्थात् यह कि पवित्रता न्याय का एक अंश है : पवित्रता का संबंध उन कार्यों से है, जिन्हें हम उचित या नैतिक दृष्टि से उत्तम मानते हैं। उदाहरण के लिए—वीरता और दूसरों की चिंता करना आदि-आदि। सुकरात पूछता है कि वह क्या चीज है, जो पवित्रता को उन सभी अन्य कार्यों से अलग करती है, जिन्हें हम उचित कहते हैं?

युदाइफ्रो तब सुझाव देता है कि पवित्रता का संबंध देवताओं की देखभाल करने से है; लेकिन सुकरात तत्काल आपत्ति उठाता है कि 'देखभाल' को यदि साधारण अर्थ में लिया जाए, युदाइफ्रो ऐसा ही मानता है तो उसका मतलब यह होगा कि जब आप पवित्रता का कोई कार्य करते हैं तो आप किसी देवता को बेहतर बनाते हैं—घमंड का एक और उदाहरण, देवगण जिस पर अप्रसन्नता व्यक्त करते हैं। युदाइफ्रो दावा करते हैं कि देखभाल में ऐसा करना भी शमिल है। सुकरात जब यह पूछता है कि पवित्रता का अंतिम फल क्या है, युदाइफ्रो तब अपने पहले कथन का ही सहारा लेता है—पवित्रता का समर्थन सभी देवगण करते हैं।

तत्पश्चात् युदाइफ्रो एक दूसरी परिभाषा प्रस्तुत करता है—वह कहता है, पवित्रता एक प्रकार का त्याग और प्रार्थना है। वह पवित्रता की कल्पना एक व्यापार के रूप में करता है : देवों को भेंट चढ़ाना और बदले में उनका समर्थन माँगना। सुकरात युदाइफ्रो को यह बताने के लिए आग्रह करता है कि देवताओं को उन उपहारों से क्या लाभ मिलता है, जो मनुष्यों से उन्हें प्राप्त होते हैं। युदाइफ्रो उत्तर देता है कि वे उस तरह के उपहार बिलकुल नहीं होते हैं। वे उपहार तो 'आदर, सम्मान और कृतज्ञता' के रूप में होते हैं। दूसरे शब्दों में, जैसा कि वह स्वीकार करता है, पवित्रता अंतरंग रूप से उस चीज से संबद्ध है, देवगण जिसे पसंद करते हैं। विचार-विमर्श का चक्र पूरा हो चुका हैं, युदाइफ्रो किसी अन्य कार्य के लिए दौड़ जाता है और सुकरात

अपवित्रता के आरोप का सामना करता है।

युदाइफ्रो को एक दार्शनिक रचना क्यों माना जाता है, उसका सुस्पष्ट कारण यह है कि इसमें ऐसा कुछ नहीं है, जिसकी अपेक्षा एक दार्शनिक कृति से की जाती है। यह कोई शोध प्रबंध नहीं है; यह रचना किसी प्रस्ताव या अनेक प्रस्तावों (विचारार्थ विषयों) से निष्कर्ष नहीं निकालती है। यह कोई सिद्धांत स्थापित नहीं करती या किसी परिकल्पना के समर्थन में तर्क प्रस्तुत नहीं करती है।

किसी दार्शनिक रचना का लक्ष्य निष्कर्ष निकालना नहीं होता है, बल्कि उससे हमें अधिक स्पष्ट दृष्टि से अपने अंदर झाँकने में मदद मिलती है।

वास्तव में सुकराती तर्क-विद्या के अनुरूप कोई भी दार्शनिक रचना किसी तयशुदा निष्कर्ष पर पहुँचने की चेष्टा नहीं करती है, या किसी एक या अनेक शोध-प्रबंधों को प्रमाणित या उनकी पुष्टि नहीं करती है, बल्कि अपनी ही और दूसरों की आस्थाओं, पूर्व धारणाओं तथा स्वीकार कर लिये गए विचारों को कसौटी पर परखने, अपने मन एवं दूसरों के मन के धुँधले, अंधकारमय कोनों व दरारों को प्रकाशित करने का प्रयास करती है। उसका उद्देश्य किन्हीं निष्कर्षों पर पहुँचना नहीं बल्कि हमारी मदद करना होता है, ताकि हम अधिक स्पष्ट दृष्टि से अपने अंदर झाँक सकें।

कोई भी आधुनिक पाठक सहज ही समझ जाएगा कि तर्क-विद्या का मतलब यह होता है कि दो या दो से अधिक विद्वान् आपस में वार्त्तालाप के माध्यम से जाँच-पड़ताल में सहयोग करते हैं, वे तर्क-वितर्क के जरिए एक-दूसरे को मात देने की कोशिश नहीं करते, बल्कि सच्चाई तक पहुँचने का प्रयास करते हैं। किसी वक्ता द्वारा प्रस्तुत किए गए किसी कामचलाऊ सुझाव, परिकल्पना को तब तक संशोधित किया

जाता है और सुधारा जाता है जब तक कि उसका पूरा अर्थ स्पष्टत: प्रकट नहीं हो जाता। उसके बाद आलोचना का दौर चलता है, जिसके फलस्वरूप उस सुझाव एवं परिकल्पना को तब तक संशोधित किया जाता है और सुधारा जाता है। उसके बाद आलोचना का दौर चलता है, जिसके फलस्वरूप उस सुझाव को या तो पूरी तरह नकार दिया जाता है या कोई दूसरा सुझाव रखा जाता है, जो हो सकता है, दक्षतापूर्वक परीक्षण किए जाने पर सच्चाई के निकट पहुँच जाए।

यह तर्क-शास्त्र संबंधी व्याख्यान की प्रक्रिया का एक अच्छा उदाहरण है, जो किसी भी प्रकार किए गए सभी प्रामाणिक दार्शनिक व्याख्यानों के संबंध में मूलत: सही बैठता है। लेकिन 'सच्चाई पर पहुँचना' और 'सच्चाई के निकट पहुँचना' जैसे वाक्यांश समस्यापूर्ण अथवा संदिग्ध लगते हैं। कोई वास्तविक सच्चाई नहीं है, जिस तक पहुँचना है। उचित दर्शनिक व्याख्यान का उद्देश्य हमारी पूर्व-धारणाओं की पूरी-पूरी जानकारी प्राप्त करना है और उन मूलभूत परिकल्पनाओं एवं सिद्धांतों को अधिक स्पष्ट रूप से समझना है, जो हमारे विचारों व अनुमानों का आधार बनते हैं। उन मूलभूत परिकल्पनाओं एवं सिद्धांतों को मन के बाहर कहीं भी नहीं खोजा जा सकता है और न ही उनका कोई सबूत दिया जा सकता है। अत: उनकी सच्चाई को सिद्ध करने या उनकी असत्यता को प्रकट करने के उद्देश्य से बहस या वाद-विवाद करना व्यर्थ है। किसी दार्शनिक दृष्टिकोण का निर्धारण करने में आलोचनात्मक प्रश्न यह किया जाना चाहिए—वह दृष्टिकोण हमें किस तरह का संसार देने वाला है? उसमें हमारा जीवन कैसा होने वाला है? उस दृष्टिकोण में हमारी समझदारी का स्तर क्या होगा?

क्या इसका मतलब यह है कि दार्शनिक चिंतन में कुछ भी सकारात्मक नहीं होता है? उसे किसी भी निर्णायक सूत्र में नहीं बाँधा जा सकता। सूक्ष्म परीक्षण करना समग्र दार्शनिक कृत्य नहीं तो और क्या हैं—वह

सुकरात के कालखंड में एथेंस

सतत एवं शाश्वत कार्य मानवीय बुद्धिमत्ता की वास्तविकता और मानव मन की सत्य-निष्ठा की निरंतर पुष्टि करता है और उसे चरितार्थ करता है। वह हमारी संपूर्ण वास्तविकता एवं हमारे उचित मूल्य का आधार है। वह वास्तविकता हमारे आदर्शों एवं सिद्धांतों में रचनात्मक अभिव्यक्ति पाती है और सैद्धांतिक प्रतिमान, हमारी वास्तविकता में गहरी जड़ें जमाए रहते हैं तथा उस हद तक 'सच' होते हैं, जहाँ तक वे उस वास्तविकता को अभिव्यंजित करते हैं। लेकिन उनके सूत्र विशेष सदैव अनिवार्य रूप से सापेक्ष एवं प्रासंगिक होते हैं। जब 'सत्य' के रूप में उन्हें अंतिम एवं निरपेक्ष मान लिया जाता है, वे धर्म-सिद्धांत एवं अंधविश्वास में तब्दील हो जाते हैं। यही कारण है कि उनका निरंतर पुनः परीक्षण करना, नए-नए प्रश्नों की प्रकाश-किरणों के नीचे उन्हें रखना, सारी निश्चित चिंतन-प्रक्रिया की अंतर्निहित अपर्याप्तता को उजगार करना जरूरी हो जाता

है—और दर्शन-शास्त्र यही महत्त्वपूर्ण कार्य करता है।

और चूँकि आदर्श सूत्रों में हमारी अंतरंग वास्तविकता की अभिव्यक्ति किसी बाहरी, वस्तुनिष्ठ यथार्थता का वर्णन नहीं करती या करना नहीं चाहती, इसलिए सत्यता की धारणा अप्रासंगिक हो जाती है और इस पर लागू नहीं होती है। मेरे कहने का अभिप्राय यही है कि सारा-का-सारा दार्शनिक चिंतन मनगढ़ंत एवं रहस्यमय है। तथ्यों से इसका कोई संबंध नहीं है। इसका सारा संबंध मूल्यों से है। अच्छाई सौंदर्य के मूल्यों व महत्त्व से है, और न! सच्चाई से नहीं, अपितु सत्यवादिता से है।

□

5

परीक्षित जीवन

पूर्वकालीन शासन के साथ उसके राजनीतिक संबंधों के कारण एथेंस की जनतांत्रिक सरकार ने सुकरात पर मुकदमा चलाया; उस पर राज्य के धर्म को क्षति पहुँचाने और नवयुवकों को भ्रष्ट करने का आरोप था। उसने अपने बचाव में जो भाषण दिया, जैसा कि प्लेटो के ऐपॉलाग्मा (अपोलॉजी) में वर्णित है, उससे हमें दर्शनशास्त्र एवं व्यावहारिक जीवन के साथ उसके संबंध के प्रति सुकरात के दृष्टिकोण की प्रमुख विशेषताओं का पता चलता है, जिनकी अनेक बार चर्चा हो चुकी है।

ई.पू. 399 में सुकरात पर चलाए गए अभियोग में उसका जीवन दाँव पर लगा था और सुकरात ने अपनी सुनवाई के दौरान अपने मजबूत बचाव पक्ष के बावजूद अपने श्रोताओं को हैरानी में डाल दिया, जब उसने जानबूझकर स्वयं को दोषी ठहराया और मृत्युदंड की सजा दिलवाई। उसने जो कुछ कहा, वह उस समय कुछ कुतूहल का विषय था; लेकिन अपोलॉजी उन दुर्लभ रचनाओं में से एक है, जो दर्शनशास्त्र और साहित्य के बीच की खाई को खूबसूरती से पाटने का काम करती है। यह रचना किसी दार्शनिक सिद्धांत विशेष का दावा करने के बजाय एक आदर्श दर्शनशास्त्री का चरित्र-चित्रण करने से ज्यादा संबंध रखती है।

मुकदमे में अपना जीवन दाँव पर लगा होने पर भी सुकरात अपना

संयम बनाए रखता है और अपनी जीवन-पद्धति को अविवादित रूप से उचित बताकर दृढ़ता के साथ अपना बचाव करता है। यह भाषण तब से दर्शनशास्त्र के विचारकों के लिए प्रेरणा-स्रोत और औचित्य का आधार बना हुआ है।

सुकरात निर्णायक मंडल (जूरी) को सामान्यत: 'एथेंस के भद्रजन' कहकर संबोधित करता है। अपोलॉजी सुकरात के इस कथन के साथ आरंभ होती है कि वह नहीं जानता कि क्या एथेंस के लोगों को अभियोग लगानेवालों द्वारा समझाया-बुझाया गया है। पहला वाक्य पूरे भाषण के संदर्भ में बहुत महत्त्वपूर्ण है। प्लेटो सुकराती संवादों को प्राय: उन शब्दों से आरंभ करता है, जो संवाद के सजग प्रयोजन का संकेत दे देते हैं। इस प्रकरण में वे शब्द हैं—'मुझे नहीं पता।' वास्तव में, अपोलॉजी में सुकरात यह जताएगा कि दर्शनशास्त्र अज्ञान के सच्चे स्वीकरण से आरंभ होता है और उसके पास जितनी भी बुद्धिमानी या समझदारी है, वह उस ज्ञान से आती है कि वह कुछ नहीं जानता है।

> *दर्शनशास्त्र अज्ञान के एक सच्चे स्वीकरण से आरंभ होता है और व्यक्ति के पास जितनी भी समझ होती है, वह उसके इस ज्ञान से आती है कि वह कुछ भी नहीं जानता।*

सुकरात जूरी से कहता है कि उसकी परख उसके वक्तृत्व कला-कौशल से न की जाए, बल्कि सच्चाई से की जाए। सुकरात कहता है, वह उन अलंकृत शब्दों और वाक्यांशों व मुहावरों का प्रयोग नहीं करेगा, जिन्हें सावधानीपूर्वक सजाया जाता है, बल्कि वह उसके मन में संयोगजन्य विचारों को ही व्यक्त करेगा। वह कहता है, वह उन्हीं शब्दों का प्रयोग करेगा जिन्हें बोलते हुए उसे अगोरा में और वहाँ सुना जाता है, जहाँ बोलने के लिए उसे पैसा मिलता है। अपने दावों को त्यागने के बावजूद

पिरायस से एथेंस का दृश्य

सुकरात एक ऐसे महान् वक्ता के रूप में सामने आता है, जो न केवल वाक्पटु एवं विश्वासोत्पादक है, बल्कि जो जूरी का अभिनय इस तरह करता है जैसे कोई संगीत-नाटक का प्रभारी। तथापि, 2,000 वर्षों से भी अधिक समय से पाठकों का दिल जीतनेवाला वह भाषण उसे निर्दोष ठहराने में सफल नहीं होता है। सुकरात को विष पीकर मौत को गले लगाने की सजा दी जाती है और वह अपनी नियति को जिस शांत-संयत तरीके से स्वीकार करता है, उसके लिए वह सबकी प्रशंसा का पात्र बन जाता है।

सुकरात के विरुद्ध आरोप लगानेवाले तीन व्यक्तियों के नाम इस प्रकार हैं—ऐनीटस, कारीगरों और राजनीतिज्ञों की ओर से; मिलिटस, कवियों की ओर से और लाइकन, अलंकार-शास्त्रियों की तरफ से।

सुकरात कहता है कि उसे दो प्रकार के आरोपों का खंडन करना है—पुराने, बहुत समय से चले आ रहे ये आरोप कि वह एक अपराधी है, दस्तंदाज (दूसरों के काम में दखल देनेवाला) और एक जिज्ञासु

व्यक्ति है, जो पृथ्वी व आकाश में जाँच-पड़ताल करता है और हाल में लगाए गए कानूनी आरोप कि वह नवयुवकों को भ्रष्ट करने राज्य द्वारा मान्यता प्राप्त देवों के बजाय अपने ही मन से खोजी गई अलौकिक वस्तुओं में विश्वास करने का दोषी है।

> *सुकरात पर शिल्पियों एवं राजनीतिज्ञों की ओर से, कवियों की ओर से और वक्तृत्व कला में माहिर (अलंकारवादियों) लोगों की ओर से आरोप लगाए गए थे।*

सुकरात कहता है कि पुराने आरोप वर्षों से उसके विरुद्ध की जा रही गपशप एवं ईर्ष्या का परिणाम हैं और इसलिए उनका जवाब देना जरूरी नहीं है। सुकरात इन तथाकथित 'अनौपचारिक आरोपों' को एक औपचारिक कानूनी अभियोजना की शैली में प्रस्तुत करता है—''सुकरात एक अन्याय कर रहा है, क्योंकि वह पृथ्वी के नीचे और आकाश में होनेवाली घटनाओं की छानबीन करता है और कमजोर दलीलों को अधिक मजबूत बनाता है तथा दूसरों को अपने उदाहरण का अनुसरण करने की सीख देता है।'' उसका कहना है कि ये आरोप ऐरिस्टोफेंस नामक किसी हास्य कवि की ओर से लगाए गए हैं। 'द क्लाउड' नाम के अपने नाटक में ऐरिस्टोफेंस सुकरात को अनीश्वरवादी, वैज्ञानिक कुतर्क के उदाहरण के रूप में पेश करके उसका मजाक उड़ाता है।

सुकरात कहता है कि उसे 'वितंडी' कहना शायद उचित नहीं होगा, क्योंकि वे बुद्धिमान लोग हैं। अथवा ऐसा माना जाता है और उन्हें काफी पैसा मिलता है। वह कहता है, वह निर्धन है और दावा करता है कि वह नहीं जानता कि महान् और उत्तम क्या होता है। 'अपॉलॉजी' को तीन भागों में बाँटा जा सकता है। पहले भाग में सुकरात अपनी सफाई प्रस्तुत करता है और मूल पाठ के अत्यंत प्रसिद्ध अंश उसमें शामिल हैं,

जैसे कि उसके द्वारा डेल्फी के ऑरेकल का वर्णन किया जाना और मिलिटस के साथ उसकी जिरह। दूसरे भाग में आता है फैसला और तीसरे भाग में दंड।

सुकरात को यह बताते हुए अपनी बात शुरू करता है कि जब वे जवान एवं प्रभावनीय थे, उस समय उसके शत्रुओं ने उनके कानों में जहर घोल दिया था। वह कहता है कि कुतर्की, वितंडावादी की उपाधि उसके शत्रुओं द्वारा दी गई है, क्योंकि वे सब उससे जलते हैं, उससे ईर्ष्या करते हैं। वह कहता है कि वह हास्य कवि ऐरिस्टोफेंस के अलावा किसी और का नाम नहीं लेना चाहता। उसके बाद वह नवयुवकों के विचारों को भ्रष्ट करने के आरोप के जवाब में यह तर्क देता है कि यह बात बिलकुल बकवास है कि किसी को जान-बूझकर भ्रष्ट किया जा सकता है। सुकरात का कहना है कि उसकी सारी समस्याओं की शुरुआत कॉरकल से हुई। वह बताता है कि किस तरह चैरेफॉन डेल्फी में ऑरेकल के पास यह पूछने के लिए गया कि क्या कोई सुकरात से अधिक बुद्धिमान है? जब चैरेफॉन ने सुकरात को सूचित किया कि ईश्वर के बताए अनुसार उससे अधिक बुद्धिमान कोई नहीं है, तो सुकरात ने उसे एक पहेली समझा। वह कहता है कि उसे पता था कि उसके पास कोई अक्ल नहीं है—'बड़ी या छोटी', लेकिन उसे यह भी समझ है कि झूठ बोलना देवताओं के स्वभाव के विपरीत है।

> *सुकरात का दृढ़ निश्चय था कि राजनीतिज्ञ कपटी-ढोंगी होते हैं, और उसका कहना था कि कवियों को अपना ही लिखा खुद की समझ में नहीं आता है।*

फिर सुकरात इस विरोधाभास को हल करने के लिए किसी 'दिव्य लक्ष्य' पर चल पड़ा कि एक अज्ञानी व्यक्ति भी नगर में सबसे बुद्धिमान

हो सकता है और उसने ऑरेकल के शब्दों के अभिप्राय को भी स्पष्ट करने का प्रयास किया। उसने बाकायदा राजनीतिज्ञों, कवियों और कारीगरों से पूछताछ की। सुकरात का दृढ़ निश्चय था कि राजनीतिज्ञ कपटी व धोखेबाज होते हैं और कवियों का अपना ही लिखा खुद की समझ से परे होता है, जिस तरह पैगंबर मनीषी अर्थात् भविष्यवक्ता और द्रष्टा जो कहते हैं, समझ नहीं पाते हैं। शिल्पकार भी ढोंगी सिद्ध होते हैं और सुकरात कहता है कि उसने स्वयं को देववाणी का प्रवक्ता बनाया। उसने स्वयं से पूछा कि क्या वह उन लोगों जैसा ढोंगी बनना चाहेगा, जिनसे उसकी बातचीत हुई या फिर अपने जैसा ही बना रहना पसंद करेगा। देववाणी की तरफ से बोलते हुए सुकरात जूरी से कहता है कि वह किसी दूसरे जैसा बनने के बजाय अपने जैसा ही रहना चाहेगा

सुकरात कहता है कि इस तरह के आक्षेपों ने उसे लोगों की नजर में खिझानेवाला हस्तंदाज अर्थात् अवांछित दखल देनेवाला बना दिया। सुकरात ने कहा कि उसका जीवन-लक्ष्य यह साबित करना है कि सच्चा विवेक देवताओं के पास होता है और यह कि मानव की बुद्धि और उपलब्धियों का कोई महत्त्व नहीं है। अपने विरुद्ध पूर्वग्रह एवं द्वेष-भावना के कारण को स्पष्ट करने के बाद सुकरात औपचारिक आरोपों, युवाओं की सोच को विकृत करने और नास्तिकता जैसे आरोपों का सामना करता है।

सुकरात की पहली चाल है अपने अभियोगी, मिलिटस (जिसके नाम का वास्तविक अर्थ है—'वह व्यक्ति जो परवाह करता है' या 'जिम्मेवारी समझनेवाला' पर उन बातों की परवाह न करने का दोष लगाना जिनकी परवाह करने की वह शिक्षा देता है। मिलिटस से अपने पूछताछ के दौरान वह तर्क प्रस्तुत करता है कि कोई भी जान-बूझकर किसी दूसरे व्यक्ति को भ्रष्ट नहीं करेगा; क्योंकि वह बाद में किसी समय उनको नुकसान पहुँचा सकता है। भ्रष्टाचार का विषय दो कारणों

सुकरात

से महत्त्वपूर्ण है—पहला, यह उसके विरुद्ध इस आरोप का केंद्र प्रतीत होता है कि उसने निरीश्वरवाद (नास्तिकता) के बारे में कोई पाठ पढ़ाकर नवयुवकों के विचारों को विकृत कर दिया और दूसरा, सुकरात कहता है कि यदि उसे दोषी ठहराया जाता है तो उसके पीछे एरिस्टोफोंस का हाथ होगा, जिसने उसके श्रोताओं के मन में उस समय जहर भरा, जब वे युवावस्था में थे।

तत्पश्चात् सुकरात इस दूसरे आरोप पर आगे बढ़ता है कि वह एक नास्तिक है। वह मिलिटस से जिरह करता है और उसकी बातों में एक अंतर्विरोध पाता है। वह मिलिटस को यह कहने पर बाध्य कर देता है कि सुकरात एक नास्तिक है, जो आध्यात्मिक शक्तियों एवं छोटे-मोटे देवताओं में विश्वास करता है। सुकरात घोषणा करता है कि उसने मिलिटस को एक अंतर्विरोध में पकड़ा है, और दरबार से पूछता है कि क्या मिलिटस ने उसके लिए बुद्धि-परीक्षण की कोई योजना बनाई है, यह देखने के लिए कि सुकरात तर्कसंगत अंतर्विरोधों को पहचान सकता है या नहीं।

सुकरात अपने दावे को दोहराता है कि उसकी तबाही का कारण औपचारिक आरोप नहीं, बल्कि गपशप और झूठी निंदा होगी। उसे मृत्यु का भय नहीं है, क्योंकि उसे अधिक चिंता इस बात की है कि वह सही कर रहा है या गलत। इसके अलावा, सुकरात यह दलील देता है कि जो लोग मृत्यु से डरते हैं वे अपने अज्ञान का प्रदर्शन कर रहे हैं : मृत्यु एक महान् वरदान हो सकती है; लेकिन बहुत से लोग उसे एक बुरी चीज समझकर उससे डरते हैं, जब वे शायद नहीं समझ सकते कि ऐसा ही है। फिर सुकरात बताता है कि उसकी समझदारी इस सच्चाई में है कि उसे ज्ञान है कि वह नहीं जानता। सुकरात स्पष्ट तौर पर कहता है कि विधिसम्मत रूप से जो भी उच्च है, मानव या कोई दिव्य रूप, उसकी आज्ञा का पालन किया जाना चाहिए। तथापि, दोनों के बीच यदि कोई

विरोध हो तो दिव्य सत्ता को प्राथमिकता मिलनी चाहिए। "सज्जनो, मैं आपका आभारी और समर्पित सेवक हूँ; लेकिन मेरी आज्ञाकारिता आपसे अधिक ईश्वर के प्रति है—और जब तक मेरी साँस है और मन:शक्ति कायम है, तब तक मैं दर्शनशास्त्र का प्रयोग करना कभी नहीं छोड़ूँगा।" क्योंकि सुकरात ने बतलाया है कि डेल्फी की आकाशवाणी (डेल्फिक ऑरेकल) के अनुसार, केवल उसे ही यह काम सौंपा गया है कि वह एथेंस में अपने साथियों को नैतिक अच्छाई एवं सत्यता का बृहत्तर ज्ञान प्राप्त करने की प्रेरणा दे, इसलिए यदि वे आरोपों को वापस भी ले ले, तब भी वह सवाल करना और तर्क करना नहीं छोड़ेगा, जब तक कि लोग उसे ऐसा करने की मनाही न करें। न ही वह अपने साथी नागरिकों से यह प्रश्न करना बंद करेगा, "क्या तुम्हें लज्जा नहीं आती कि तुम अपना सारा ध्यान अधिक-से-अधिक धन प्राप्त करने और उसी तरह प्रतिष्ठा एवं सम्मान हासिल करने में लगाते हो और सच्चाई तथा समझदारी और अपनी आत्मा की परिपूर्णता की ओर कोई ध्यान नहीं देते हो या विचार करते हो?"

'अपॉलॉजी' के एक बहुत ही उत्तेजक खंड में सुकरात दावा करता है कि एथेंस में अपने साथी नागरिकों के निमित्त उसकी चिंता से अधिक कुछ भी अच्छा नहीं हुआ है, कि धन-संपत्ति अच्छाई का एक परिणाम है (इसका उलटा नहीं), कि ईश्वर इस बात की अनुमति नहीं देता है कि एक बेहतर इनसान किसी बदतर के हाथों मारा जाए। अपने कार्य से संबंधित सबसे प्रबल विवरण में वह आगे कहता है कि वह एक डंकमार डाँस है और शासन एक आलसी घोड़ा, "और मैं पूरे दिन इधर-उधर, हर जगह, आप में से प्रत्येक को सावधान करने, समझाने और फटकार लगाने के लिए जमे रहने से कभी भी पीछे नहीं हटूँगा।"

अपने नियत कार्य के प्रमाण-स्वरूप सुकरात न्याय-दरबार को अपनी दुष्ट आत्मा की याद दिलाता है, जिसे वह एक अलौकिक अनुभव

के रूप में देखता है। वह इसे आविष्कृत सत्ताओं में विश्वास करने संबंधी आरोप के पीछे आंशिक स्थिति में कोई छूट नहीं देता है। उसे इतना ज्ञान अवश्य रहा होगा कि दरबार में यदि अधिकतर लोगों ने नहीं तो बहुत से लोगों ने इस बात को बहुत ही संदेह से देखा होगा।

सुकरात दावा करता है कि जहाँ तक दूसरों को शिक्षा देने का संबंध है, उस अर्थ में उसकी भूमिका कभी भी एक शिक्षक की नहीं रही है। इसलिए यदि कोई नागरिक बुरा निकलता है तो उसके लिए उसे जिम्मेदार नहीं ठहराया जा सकता। यदि उसने किसी को भ्रष्ट बनाया है तो वे गवाही देने के लिए आगे क्यों नहीं लाए हैं ? अथवा यदि वे ये नहीं समझते कि उन्हें भ्रष्ट किया गया है तो उनके नाते-रिश्तेदार उनकी तरफ से आगे क्यों नहीं आए ? सुकरात इशारा करता है कि उससे संबद्ध युवकों के अनेक रिश्तेदार उसका समर्थन करने के लिए इस न्याय-सत्ता में मौजूद हैं।

सुकरात 'अपॉलॉजी' के इस भाग का समापन जूरी सदस्यों को यह

सुकरात अपने शिष्यों के साथ

याद दिलाते हुए करता है कि वह सामान्य भावात्मक युक्तियों एवं तर्कों का सहारा नहीं लेगा। वह न तो आँसू बहाएगा और न ही जूरी सदस्यों का दिल पिघलाने के लिए अपने तीन पुत्रों को पेश करेगा। उसे मृत्यु का भय नहीं है; न ही वह अपने धार्मिक कर्तव्य के विपरीत कोई काम करेगा। वह केवल ठोस दलील पर भरोसा करेगा और सच्चाई के साथ अपना पक्ष रखेगा।

प्रथा यह थी कि अभियोजन पक्ष और बचाव पक्ष दोनों अपनी-अपनी ओर से एक दंड का प्रस्ताव रखेंगे और अदालत उनमें से किसी दंड का चुनाव करेगी। इस खंड में, सुकरात अदालत को उस समय और भी अपना शत्रु बना लेता है, जब उसके प्रस्ताव पर विचार किया जा रहा था। वह कहता है कि कि दोनों प्रस्तावों के पक्ष में मतदान बहुत पास-पास था। यदि 30 और लोगों ने उसका समर्थन किया होता तो वह निर्दोष साबित हो जाता। वह एक भद्दा सा मजाक करता है, यह सुझाव देकर कि कुल वोटों का कानूनी रूप से अपेक्षित एक-पाँचवाँ हिस्सा जुटाने में विफल रहने पर मिलिटस को दंड दिया जाना चाहिए। (टुच्चे-छिछोरे मामलों को अदालत के सामने न लाया जाए, इस उद्देश्य से वादी पर भारी जुर्माना लगाया जाता था। ऐसी स्थिति तब आती थी जब किसी मामले में जूरी सदस्यों के वोट उतनी संख्या तक पहुँच पाते थे और प्रतिवादी जीत जाता था।) यदि मान लें कि निर्णायक मंडल में 501 या 500 सदस्य हैं तो अभियोजन पक्ष को उनमें से 100 सदस्यों के वोट जुटाने होंगे। तथापि इस दृष्टि से मिलिटस के वोटों की संख्या (अभियोजन पक्ष के एक-तिहाई का प्रतिनिधित्व करनेवाले वोट) 93 या 94 रही होगी (कुल सदस्यों की संख्या 501 या 500 होने पर), वादी संख्या पर विचार न किया जाए। तब भी यह उनका ऐसा मामला था, जिसके पक्ष में कुल वोटों का पाँचवाँ हिस्सा होना अनिवार्य था। इतना ही नहीं, अभियोजन पक्ष जीत भी गया।

सुकरात के अगले प्रस्ताव ने जूरी सदस्यों को अत्यधिक परेशानी में डाल दिया—एथेंस के हितकारी के रूप में, प्राइटेनियम में मुफ्त भोजन; यह उन महत्त्वपूर्ण इमारतों में से एक थी, जिनमें परिषद् के सदस्यों का निवास था। यह सम्मान केवल खिलाड़ियों तथा अन्य प्रतिष्ठित नागरिकों को ही प्राप्त था।

अंत में, सुकरात 100 ड्रैकमा के जुर्माना पर राजी होने से पहले कारावास और बहिष्कार के बारे में विचार करता है, क्योंकि उसके पास जुर्माना भरने के लिए बहुत रकम थी। अभियोजकों द्वारा सुझाए गए दंड के बदले में यह बहुत छोटी रकम थी और इस कारण जूरी के पास मृत्यु-दंड के लिए वोट करने के अलावा कोई और उपाय नहीं रह गया। सुकरात के समर्थकों ने तत्काल उस रकम को बढ़ाकर 3,000 ड्रैकमा कर दिया; लेकिन जूरी की नजर में यह कोई विकल्प नहीं था। जूरी ने निर्णय लिया कि उसे विष पीकर मौत को गले लगाना होगा।

प्लेटो संकेत करता है कि जूरी के अधिकांश सदस्यों ने मृत्युदंड के समर्थन में वोट दिया, लेकिन वह इस बात का संकेत नहीं देता है कि ऐसे सदस्यों की संख्या कितनी थी। इन वोटों की वास्तविक संख्या जानने का हमारे पास एक ही स्रोत है—डायोजींस का लेअर्टियस, जिसका कहना है कि पहली बार जितने सदस्यों ने सुकरात को दोषी मानने के पक्ष में वोट दिया था, उनकी तुलना में मृत्युदंड के पक्ष में 80 वोट अधिक पड़े। लेकिन इसका ब्योरा विवाद का विषय बना हुआ है। दूसरों ने इससे यह निष्कर्ष निकाला है कि सुकरात के भाषण ने जूरी को नाराज कर दिया।

सुकरात अब इस फैसले पर अपनी प्रतिक्रिया देता है। वह उन्हें संबोधित करता है, जिन्होंने मृत्युदंड के पक्ष में वोट दिया। वह दावा करता है कि उसकी सजा का कारण यह नहीं है कि दलीलों की कोई कमी रह गई, बल्कि इसलिए, क्योंकि वह उस हद तक नीचे गिरने को

तैयार नहीं हुआ, जब मृत्युदंड का सामना करनेवाला कोई प्रतिवादी सामान्यत: भावात्मक अपीलें करने पर उतर आता है। वह पुन: आग्रह करता है कि मृत्यु के भय से कोई नेकी और सच्चाई के रास्ते पर चलना नहीं छोड़ देता है। सुकरात भविष्यवाणी करता है कि उसके बाद और भी युवा एवं तीक्ष्ण आलोचक उसका अनुसरण करेंगे तथा उनके जीवन को इससे भी अधिक कठोर कसौटी पर परखेंगे।

सुकरात अपनी क्षमा-याचना 'अपॉलॉजी' को इस दृढ़ कथन के साथ समाप्त करता है कि जिन लोगों ने उसे अभियुक्त ठहराया और दंड दिया, उनके विरुद्ध उसके मन में कोई वैमनस्य नहीं है और वह उनसे कहता है कि वे उसके बढ़ते हुए तीनों पुत्रों की देखभाल करें तथा उन्हें भी ऐसा ऐसा इनसान बनाएँ, जो स्वार्थगत हितों से पहले भलाई के बारे में सोचें।

ओ न्याय करनेवालो! मृत्यु के बारे में खुशी मनाओ और इस बात को गाँठ बाँध लो कि एक भले इनसान का कुछ भी बुरा नहीं हो सकता, न तो जीवन में, न ही मृत्यु के बाद। देवगण उसकी और उसके समर्थकों की उपेक्षा नहीं करते हैं; न ही मेरा निकट अंत कोई संयोगजन्य घटना है। लेकिन मैं स्पष्ट रूप से देख रहा हूँ कि वह समय आ गया था, जब मेरे लिए संसार से चले जाना और कष्ट से मुक्ति पाना ही बेहतर होगा।...

प्रस्थान का समय आ गया है, और हम अपने-अपने मार्ग की ओर जा रहे हैं, मुझे मृत्यु बुला रही है, और आपको जीवन। सिर्फ ईश्वर को पता है कि इन दोनों में से कौन बेहतर है।

'दि अपॉलॉजी' में सुकरात के सैद्धांतिक विचारों को अधिक फोकस में रखा गया है, जिन्हें वह किसी भी तथ्यपरक प्रश्नों के संबंध

में अज्ञेयवादी होने का इतनी दृढ़ता से दावा करता है। 'दि अपॉलॉजी' से चार दार्शनिक बातें (तत्त्व ज्ञान की बातें) प्रकाश में आती हैं।

1. एकमात्र सच्ची बुद्धिमत्ता यह समझने में है कि आप कुछ नहीं जानते।
2. आत्मा की उन्नति या 'देख-भाल', विवेक और सच्चाई की परवाह करना उच्चतम भलाई है।
3. यदि आप मुझे दंड देते हैं, आप देवों के विरुद्ध पाप करेंगे, जिन्होंने मुझे आपको सौंपा है।
4. सद्‌गुण ज्ञान है। अच्छाई का ज्ञान भला करना है। "कोई भी स्वेच्छा से बुरा नहीं करता है।"

सुकरात यह स्वीकार करते हुए अपनी बात समाप्त करता है कि वह नहीं जानता, और न ही निश्चयपूर्वक जान सकता है कि मृत्यु के बाद उसका क्या होने वाला है।

□

6

व्यक्ति और राज्य

प्लेटो ने सुकरात के अंतिम दिनों का वर्णन क्रिटो (क्रित्व्न) में जारी रखा है। कारागार में प्राणदंड की प्रतीक्षा करते हुए सुकरात गंभीर विषयों के बारे में उसी तरह की शांत सोच-विचार की भावना का प्रदर्शन करता है, जो उसके स्वतंत्र जीवन में परिलक्षित होती थी। यहाँ तक कि एथेंस के न्याय-मंडल द्वारा उसके साथ किए गए प्रत्यक्ष अन्याय से भी सुकरात के मन में कोई कटुता या क्रोध की भावना उत्पन्न नहीं होती है। सुकरात के मित्र एक अत्यंत सुगम योजना लेकर जेल में उसके पास आते हैं, ताकि वह एथेंस से बच निकल सके और कहीं अन्यत्र मुक्त जीवन व्यतीत कर सके; लेकिन सुकरात शांतिपूर्वक उन्हें ऐसे किसी कार्य के नैतिक मूल्य के बारे में एक तर्कसंगत वाद-विवाद में उलझा लेता है।

क्रिटो प्रकरण सुकरात के चरित्र के एक ही पहलू पर प्रकाश डालता है; उसे किसी दिव्य उद्देश्य की पूर्ति करनेवाले और ईश्वर की इच्छा में विश्वास करनेवाले किसी दार्शनिक के रूप में नहीं बल्कि सिर्फ एक अच्छे नागरिक के रूप में प्रस्तुत करता है, जिसे अन्यायपूर्ण ढंग से दंड सुनाया गया है और फिर भी वह राज्य के नियमों का पालन करने के लिए अपने जीवन की आहुति देने के लिए तैयार है।

किसी दिव्य उद्‌देश्य की पूर्ति और ईश्वर की इच्छा में विश्वास करनेवाले एक दार्शनिक के रूप में नहीं, बल्कि सिर्फ एक अच्छे नागरिक के रूप में प्रस्तुत करता है, जिसे अन्यायपूर्ण ढंग से दंड सुनाया गया है और फिर भी वह राज्य के नियमों का पालन करने के लिए अपने जीवन की आहुति देने के लिए तैयार है।

सुकरात के दिन समाप्त होने को आ रहे हैं; जानलेवा जहाज सनियम से रवाना हो चुका है। उसे सूचना क्रिटो से प्राप्त होती है, जो सुबह होने से पहले उससे भेंट करने आता है; स्वयं उसे एक सपने में चेतावनी दी गई है कि तीसरे दिन उसे चले जाना होगा। समय बहुमूल्य है और क्रिटो उसके पास जल्दी इसलिए आया है, ताकि बच निकलने की योजना के बारे में उसकी सहमति ले सके। इस योजना को उसके मित्र आसानी से अंजाम तक पहुँचा सकते हैं, जो उसे बचाने के प्रयास में कोई खतरा उत्पन्न नहीं होने देंगे; लेकिन यदि वे उसे मर जाने देंगे तो उनका सिर हमेशा कि लिए शर्म से झुक जाएगा। उसे अपने बच्चों के प्रति अपने कर्तव्य के बारे में सोचना चाहिए और अपने शत्रुओं के हाथों की कठपुतली नहीं बन जाना चाहिए। धन का इंतजाम क्रिटो द्वारा और थेबीज के सिम्मियास तथा दूसरों की मदद से किया जा चुका है और उसे यूनान के बाहरी क्षेत्र थेसाली में मित्रों को ढूँढ़ने में कोई मुश्किल नहीं होगी।

सुकरात को संदेह है कि क्रिटो उस पर अपनी नहीं बल्कि दूसरों की मरजी थोप रहा है; जबकि उसने अपने पूरे जीवनकाल में विवेक की बात मानी है और एक ही बुद्धिमान या कुशल व्यक्ति का अनुसरण किया है। एक समय था, जब स्वयं क्रिटो ने उसके औचित्य को माना है। और,

हालाँकि कोई कहेगा, 'बहुत लोग हमें मार सकते हैं', उससे कोई फर्क पड़ने वाला नहीं है; लेकिन फिर भी एक अच्छे जीवन, एक न्यायोचित एवं सम्माननीय जीवन को ही महत्त्व दिया जाना चाहिए। सम्मान को ठेस लगने या अपने बच्चों को चोट पहुँचाने के सभी विचारों को खारिज किया जा सकता है। एकमात्र सवाल यह है कि क्या उसका भाग जाने का प्रयास उचित होगा?

क्रिटो, जो एक बेलाग व्यक्ति है, जिसकी आँखों के सामने मृत्यु का कोई भय नहीं है, उसकी ओर से इस प्रश्न का उत्तर देगा। उसे दंड दिए जाने से पहले उन्होंने अकसर विचार-विमर्श किया था, जिसमें वे इस बात पर सहमत हुए कि किसी भी व्यक्ति को न तो बुरा करना चाहिए, या बुराई का बदला बुराई से देना चाहिए और न ही सच के साथ दगा करनी चाहिए। क्या इन सिद्धांतों को बदल दिया जाए, क्योंकि सुकरात की परिस्थितियाँ बदल गई हैं? क्रिटो मानता है कि वे सिद्धांत वैसे ही हैं। तब क्या उसका भाग जाना उन सिद्धांतों को बचाए रख सकेगा? क्रिटो इसका उत्तर देने में असमर्थ है या उत्तर देना नहीं चाहता।

सुकरात आगे कहता है—मान लो कि एथेंस के कानून आ जाते हैं और उसके साथ बहस करते हैं। वे पूछेंगे, 'वह क्यों उनको उत्तर देना चाहता है?' और यदि वह जवाब नहीं देगा, 'ठीक, लेकिन क्या वह करार या सहमति थी?' क्या उसके पास उनको बताने के लिए ऐसी कोई आपत्ति है, जो उन्हें उलट देने में उसके कार्य को उचित ठहराएँगे? क्या वह उन्हीं की मदद से संसार में नहीं लाया गया था और शिक्षित किया गया था? और क्या वे उसके माता-पिता नहीं हैं? वह एथेंस छोड़ सकता था और अपनी इच्छानुसार कहीं भी जा सकता था; लेकिन वह 70 वर्षों से वहाँ रहता रहा है, किसी दूसरे नागरिक की अपेक्षा अधिक एकनिष्ठता के साथ।

इस तरह उसने स्पष्टतः दिखा दिया है कि उसने वह करार स्वीकार

ज्ञान देते हुए सुकरात

किया, जिसे वह अब तोड़ नहीं सकता, क्योंकि ऐसा करने से न केवल उसके नाम को कलंक लगेगा, बल्कि उसके मित्रों के लिए भी खतरा उत्पन्न हो जाएगा। वह चाहता तो विचारणा के दौरान भी दंड के रूप में निर्वासन (देश-निकाला) का प्रस्ताव कर सकता था; लेकिन तब उसने दृढ़तापूर्वक बता दिया कि वह देश-निकाले के बजाय मृत्युदंड को अधिक पसंद करेगा। और वह अपने पदचिह्नों को कौन सी दिशा देगा?

किसी भी सुशासित राज्य में वहाँ के कानून उसे एक शत्रु समझेंगे। हो सकता है, थेसाली जैसे किसी कुशासनवाले देश में पहले उसका स्वागत किया जाए, फिर धीरे-धीरे वहाँ के निवासियों द्वारा उसके देश छोड़कर भागने की कहानी को एक उपहास का विषय बना दिया जाएगा। लेकिन यदि वह उनको नाराज करता है तो उसे एक दूसरा ही सबक सीखना पड़ेगा। क्या वह सद्गुण की शिक्षा देना जारी रख सकेगा? वह कोई अच्छी बात नहीं होगी। और यदि वह अपने बच्चों को थेसाली ले जाता है और उन्हें एथेंस की नागरिकता से वंचित होना पड़ता है तो उससे उन्हें क्या लाभ होगा? और यदि वह उन्हें पीछे छोड़कर जाता है, तब क्या वह ऐसी आशा कर सकता है कि उसके मित्र उनकी ठीक से देखभाल करेंगे? वह चाहे जिंदा रहे या मर जाए, क्या सच्चे मित्र उनकी उसी तरह देखभाल नहीं करेंगे?

अंत में, वह उन्हें उपदेश देता है कि वे न्याय के बारे में पहले सोचें और जीवन तथा बच्चों के बारे में बाद में। वह अब शांति और निर्दोषता के साथ संसार से विदा ले सकता है, न कि एक भुक्तभोगी और बुरा करनेवाले के रूप में। लेकिन यदि वह समझौते को भंग करता है और बुराई का बदला बुराई से देता है तो वे उसके जीवित रहते उससे नाराज हो जाएँगे और उनके सहधर्मी, निचली दुनिया के कानून उसे एक शत्रु के रूप में ग्रहण करेंगे।

इस तरह की रहस्यमय आवाज है, जो हर समय उसके कानों में बड़बड़ाती रहती है।

सुकरात एक अच्छा नागरिक नहीं था, इस तरह का आरोप उसके जीवनकाल के दौरान उसके विरुद्ध लगाया गया था, जिसे बाद के युगों में प्रायः दोहराया जाता रहा है। उसके शिष्य रह चुके अल्सिबियोडस, क्रिटियोस और चार्मिडेस के अपराध अब पुनःस्थापित लोकतंत्र की स्मृति में अभी तक ताजा थे। वह एथेंस की प्राण-पीड़ा में तटस्थ बना

रहा, यह तथ्य सामान्य सद्भाव हासिल करने के लिए पर्याप्त नहीं था। प्लेटो ने संभवत: अगली पीढ़ी में कलम को अपने मित्र का बचाव करने का हथियार बनाया और इस संदर्भ में उसने जो कुछ लिखा, वह उस समय के एथेंसवासियों के लिए नहीं था, बल्कि भावी पीढ़ी और पूरी दुनिया के लिए था।

इस घटना के बारे में कुछ भी निश्चित रूप से नहीं कहा जा सकता कि क्रिटो ने वास्तव में उससे भेंट की और भाग निकलने का प्रस्ताव उसके सामने रखा। प्लेटो उससे कहीं अधिक कल्पना कर सकता था; और सुकरात के पास बच निकलने का प्रस्ताव लेकर जानेवाले वयोवृद्ध मित्र के रूप में क्रिटो जैसे एकदम उपयुक्त चरित्र का चयन करना इस कलाकार का ही काम लगता है। क्या ऐसे किसी व्यक्ति के लिए जिसे उसी के देश के कानूनों द्वारा एक अन्यायपूर्ण निर्णय का पात्र बनाया गया हो, उस देश से भाग जाने का प्रयास करना सही है—ऐसा विषय है जिसके बारे में धर्म-अधर्म का विचार करनेवालों में असहमति हो सकती है। गद्य लेखक शैली का विचार है कि सुकरात ने 'मरकर अच्छा किया', लेकिन उन कुतर्कपूर्ण कारणों से नहीं, जो प्लेटो ने उससे कहलवाए हैं। यह दलील पेश करना कोई कठिन कार्य नहीं होगा कि सुकरात को जीवित रहना चाहिए था और जो भले कार्य वह अभी भी कर सकता था, उनका श्रेय लेकर यदि वह मरता तो बेहतर होता। 'एक अलंकार-शास्त्री उसकी मृत्यु को महिमामंडित कर देता।' तथापि, देखनेवाली बात यह है कि प्लेटो का इरादा धर्म-अधर्म के प्रश्न का उत्तर देने का बिलकुल नहीं था, अपितु वह तो उस सहनशील सद्गुण का आदर्श प्रस्तुत करना चाहता था, जो महत्तम बुराई से बचने के लिए न्यूनतम अथवा छोटे-से-छोटा, बुरा काम करने से भी मना कर देता है और जो अपने मालिक को दिखा देना चाहता है कि उसने मृत्यु में भी उन विचारों की रक्षा की है जिनकी हिमायत उसने जीवन भर की है। सुकरात अपने अंतिम क्षणों

तक 'संसार' नहीं, बल्कि 'एक बुद्धिमान व्यक्ति' जैसे विरोधाभास को बनाए रखता है। उसकी बुद्धि ने ही उसे रास्ता दिखाया होगा, हालाँकि वे निष्कर्ष उसके लिए घातक हो सकते हैं। उसकी यह असाधारण भावना कि 'दुष्ट व्यक्ति न तो भला कर सकता है, न ही बुरा', यदि नैतिक बुराई के अर्थ में ली जाए, जैसा कि उसका अभिप्राय है, तो सच है; उसके अपने शब्दों में, ''वे किसी व्यक्ति को बुद्धिमान या मूर्ख नहीं बना सकते।''

यह छोटा सा संवाद तर्कशास्त्र का एक सटीक उदाहरण है, जिसमें 'सामान्य सिद्धांत की दृष्टि से, निष्कर्ष की जरूरत ही वहाँ रह जाती है। सुकरात के स्वप्न और होमर की पैरोडी से इसका पूर्वाभास आरंभ में हो जाता है। नियम-कानूनों और नीचे की दुनिया में उनके सहधर्मी कानूनों का व्यक्तीकरण काव्यालंकार एक सबसे उत्तम एवं अत्यंत निर्भीक उदाहरण है, जो प्लेटो में देखने को मिलता है।

सच में, क्रिटो और दूसरे शिष्य अपने शिक्षक को भली-भाँति जानते हैं और वे अपनी योजना की खूबियों के बारे में बहस करने के लिए तैयारी करके आते हैं। अब बच निकलने से सुकरात जीवन में अपने निजी दायित्वों को पूरा कर सकेगा। इसके अलावा, यदि वह योजना के अनुसार काम नहीं करता है तो बहुत से लोग सोचेंगे कि उसके मित्रों ने उसके भाग निकलने का प्रबंध करने में उसकी पर्याप्त परवाह नहीं की। अतः अपनी वचनबद्धताओं का सम्मान करने और अपने मित्रों की मान-प्रतिष्ठा की रक्षा करने के उद्देश्य से सुकरात ने जेल से भाग जाने का प्रयास किया।

लेकिन सुकरात इन तर्कों को उस एक निर्णय के संदर्भ में अप्रासंगिक मानकर खारिज कर देता है कि कौन सा कार्य सच में उचित है। यह बात विशेष महत्त्व नहीं रखती है कि दूसरे लोग क्या कहेंगे। जैसा कि उसने 'दि अपॉलॉजी' में तर्क दिया था, एकमात्र विचार को महत्त्व रखता है

उसका संबंध सामान्यतया बहुसंख्य लोगों से नहीं है, बल्कि उनके बजाय उस एक व्यक्ति से है, जो वास्तव में जानता है—अर्थात् समझ रखता है। मानवीय कार्य के बारे में निर्णयों का आधार केवल सच्चाई को बनाया जाना चाहिए, ताकि सुविचारित नैतिक विवेचन में केवल वही उचित दृष्टिकोण अपनाया जाए, जिसका सहारा लेकर व्यक्ति उसे प्रकट करने की आशा कर सके।

एकमात्र विचार जो महत्त्व रखता है, उसका संबंध बहुसंख्य लोगों से नहीं है, बल्कि उस एक व्यक्ति से है, जो वास्तव में समझ रखता है।

संवाद वहाँ से शुरू होता है, जब सुकरात को अपनी जेल-कोठरी में क्रिटो की मौजूदगी का पता चलता है। क्रिटो एक धनी मित्र है और

एक कुतर्की से तर्क करते सुकरात

सुकरात का शिष्य है। सुकरात जब आश्चर्य व्यक्त करता है कि संतरी ने उसे इतने अलस सुबह अंदर कैसे आने दिया, तब क्रिटो सुकरात को सूचित करता है कि वह संतरी को अच्छी तरह जानता है और उस पर उसका एक उपकार है।

क्रिटो के पास सुकरात के लिए बुरी खबर है। वह उसे बताता है कि चश्मदीद गवाहों की सूचना के अनुसार, जहाज डेलोस से आ चुका है और कल सुकरात को फाँसी दे दी जाएगी। सुकरात उस रिपोर्ट को झिड़क देता है, यह कहकर कि उसने एक सपना देखा है—सफेद पोशाक में एक स्त्री को देखा है, जो उसे बता रही है कि आज से तीसरे दिन वह फथिया जाएगा, जिसे 'इलियाड' कहा जाता है। सुकरात कहता है कि उसका मतलब एकदम साफ है—उसकी मृत्यु में अब सिर्फ तीन दिन बाकी हैं।

क्रिटो सुकरात को उस सपने के बारे में अधिक कुछ कहने नहीं देता है, बल्कि उसे 'दैत्य' कहकर पुकारता है; क्रिटो इतनी सुबह सुकरात को मृत्यु से बचाने के लिए आया है। क्रिटो सुकरात से कहता है कि यदि वह फाँसी पर चढ़ जाता है तो लोग समझेंगे कि क्रिटो तथा उसके मित्र इतने निकम्मे थे कि वे उसे बचाकर ले जाने के लिए धन नहीं जुटा सके। क्रिटो की चिंताओं से यह प्रतीत होता है कि घूस देकर कारागार से निकल भागना इतनी आम बात थी कि लोग उस पर नाराजगी प्रकट नहीं करते थे, बल्कि मानकर चलते थे कि ऐसा ही होगा।

सुकरात क्रिटो के संभावित मुखबिरों को खरीदने संबंधी पहले प्रस्ताव को ठुकरा देता है, और क्रिटो यह कहकर विरोध करता है कि मुखबिर रास्ते में बिक जाते हैं। वह आगे कहता है कि यदि सुकरात क्रिटो के खाते में धन घटते जाने से डरता है तो सिम्मिअस और सिबेस जैसे कुछ विदेशी भी हैं, जो काफी धन लेकर शहर में पहुँच गए हैं।

तत्पश्चात् क्रिटो साधारण आदमी का नैतिक दृष्टिकोण प्रस्तुत करता है; एक पिता का उत्तरदायित्व होता है कि वह अपनी संतान का पालन-पोषण करे और जहाँ तक संभव हो, उन्हें कभी अनाश्रित न छोड़े। वह सुकरात को बताता है कि यदि उसके पुत्र अनाथ होने से बचे रहते हैं तो उसके लिए वह उससे किसी आभार की अपेक्षा नहीं करेगा। तथापि, क्रिटो यह नहीं कहता है कि वह स्वयं उन बच्चों की देखभाल करेगा। क्रिटो आगे कहता है कि मुकदमा कभी होना ही नहीं चाहिए था और उसे किसी दूसरे ढंग से सँभाला जा सकता था। उसका कहना है कि निकल भागने में असफल रहना सारे मामले की एक हास्यास्पद चरम स्थिति होगी और सुकरात के मित्रों के लिए एक शर्मनाक कायरता की मिसाल बनकर रह जाएगी।

सुकरात क्रिटो को बताता है कि वह उन लोगों में से है, जिसे विवेक से काम लेना चाहिए। वह उन लोगों के विचारों के प्रति तिरस्कार व्यक्त करता है, जो अविवेकपूर्ण ढंग से सोचते हैं और बेतुका व्यवहार करते हैं। सुकरात कहता है कि सिर्फ उसी व्यक्ति की राय महत्त्व रखती है, जो न्याय को समझता है। धन, सम्मान और बच्चों को खिलाना-पिलाना जैसी बातें विचारहीन लोगों के लिए महत्त्वपूर्ण होती हैं। फिर सुकरात क्रिटो को न्याय की परिभाषा पर विचार करने, यह सोचकर बताने के लिए आमंत्रित करता है कि क्या जान-बूझकर गलत कार्य करना कभी उचित हो सकता है।

सुकरात यह तर्क देता है कि अन्याय का प्रतिकार बदले से करना या बुराई को बुराई से मारना हमेशा गलत है, और इस तरह का न्याय उतना ही गलत है जितना कि अन्याय करना। सुकरात क्रिटो से कहता है कि मानव जाति का विशाल बहुमत कभी इस विचार को नहीं मानेगा कि बुराई का प्रतिरोध न करना गलत है। इस विचार को न कभी मान्यता मिली है और न कभी मिलेगी। वह सोचता है कि यह एक महत्त्वपूर्ण

नैतिक मानदंड है और जो लोग इससे सहमत नहीं होते, उनका कोई सामान्य आधार नहीं होता है और वे अवश्य ही एक-दूसरे का तिरस्कार करते हैं। उसका कहना है कि उनके विचार-विमर्श के लिए इस आधार-वाक्य को सत्य माना जाएगा।

क्रिटो कहता है, वह सुकरात की इस बात से सहमत है कि बुराई को बुराई से करना उतना ही गलत है जितना कि अन्याय करना, लेकिन वास्तव में, दोनों में से कोई भी बात उसे क्या व्याकुल नहीं करती है? क्रिटो को एक मित्र को कारागार से बाहर निकालने के लिए रिश्वत देने और सुबह-सुबह उससे भेंट करने के लिए जेल में प्रवेश हेतु रिश्वत देने में किसी तरह का पाप नजर नहीं आता है। कोई भी इस बात पर ध्यान नहीं देता है कि सुकरात के अनुसार, उन्हें मित्र भी नहीं होना चाहिए, क्योंकि नैतिक रूप से वे दोनों एक-दूसरे से बिलकुल अलग हैं।

समझाने-बुझाने के अलावा किसी अन्य तरीके से बुराई का प्रतिकार करना भी एक बुराई है।

सुकरात का यह कहना कि समझाने-बुझाने के अलावा किसी अन्य तरीके से बुराई का प्रतिकार करना भी एक बुराई है, नैतिक शांतिवाद का

सुकरात और एल्सीबिएड्स

एक प्राचीन कथन है। सुकरात उसके तर्कसंगत बचाव के लिए एक अनुरूपता को पूर्ण आधार बनाता है। वह कहता है कि राज्य के सामने एक नागरिक की वही स्थिति है, जो एक बच्चे की अपने माता-पिता के सामने होती है, जिस तरह एक गुलाम की हस्ती उसके मालिक की तुलना में। वह कहता है कि दुनिया के सामने वह जो कुछ भी है, राज्य की वजह से है, क्योंकि हर चीज पर राज्य का कानून चलता है—चाहे विवाह हो, बच्चे का लालन-पालन हो या उसकी शिक्षा। सुकरात का कहना है कि वह राज्य की संतान है और राज्य का गुलाम भी है और जिस राज्य ने उसका इतना हित किया है, उसकी आज्ञा का पालन न करके उस राज्य को नष्ट करने का उसे कोई अधिकार नहीं है।

□

7

सद्गुण का आधार

प्लेटो की रचना 'मेनो' हमारे नैतिक ज्ञान के मूल स्रोतों की सामान्य समस्या को केंद्र में रखती है। सुकरात के भाग्य को लेकर चिंतापूर्ण कोलाहल से दूर, उसमें कुछ ज्ञान-शास्त्र संबंधी और अलौकिक विषयों को प्रस्तुत किया गया है।

सद्गुण के संबंध में यूनानी धारणा के अनुसार किसी क्षेत्र विशेष में योग्यता या दक्षता प्राप्त करना सद्गुण कहलाता है। एक बेकर (नानबाई) का सद्गुण यह है कि वह कितनी अच्छी ब्रेड बनाता है;, अच्छे फूल आदि उगाने की योग्यता माली का सद्गुण है। इस अर्थ में, एक व्यक्ति का सद्गुण दूसरे व्यक्ति के सद्गुण से भिन्न होता है और उसी प्रकार एक लक्ष्य से दूसरे लक्ष्य का सद्गुण भिन्न होता है। लेकिन सुकरात सच्चे सद्गुण में विश्वास करता है, जो हरेक में होना चाहिए; जिस तरह अच्छे स्वास्थ्य का होना जरूरी है। सद्गुण की उस व्यापक धारणा के अंतर्गत साहस, समझदारी या आत्मसंयम जैसे विशिष्ट सद्गुण भी आ सकते हैं; लेकिन फिर भी सद्गुण का कुल मिलाकर किसी ऐसी दक्षता या योग्यता के रूप में एक सटीक सामान्य वर्णन तो किया ही जाना चाहिए; जो पूरी तरह मानवोचित हो। लेकिन वह क्या है?

संवाद का आरंभ मेनो द्वारा सुकरात से पूछे गए इस प्रश्न से होता है कि क्या सद्गुण सिखाया जा सकता है? सुकरात कहता है कि उसे

इस बारे में कुछ भी पता नहीं है कि सद्गुण किसे कहते हैं और जिन लोगों को वह जानता है, उनमें से भी किसी को मालूम नहीं है। मेनो जवाब देता है कि सद्गुण हर व्यक्ति के लिए अलग अर्थ रखता है, कि उस व्यक्ति को सद्गुणी कहा जा सकता है, जिसका आचरण ऐसा हो कि वह नगर में अपने मित्रों की सहायता कर सके, अपने शत्रुओं को चोट दे सके और यह सब करते हुए यह भी ध्यान रख सके कि व्यक्तिगत रूप से उसे कोई हानि न पहुँच पाए। वह कहता है कि स्त्री के लिए सद्गुण अलग होता है। उसका अधिकार है घर-परिवार को चलाना और अपने पति की आज्ञा का पालन करना। उसके अनुसार, बच्चों का अपना सद्गुण होता है और उसी प्रकार वृद्ध लोगों का भी। सुकरात को यह सब कुछ अजीब-सा लगता है। उसका विचार है कि कोई सद्गुण ऐसा अवश्य होना चाहिए, जो सभी में हो।

सुकरात इस विचार को नहीं मानता कि मानवीय सद्गुण व्यक्ति के लिंग-भेद या आयु पर निर्भर करता है। वह मेनो को इस विचार की ओर ले जाता है कि सद्गुण सभी में समान होते हैं, कि आत्म-संयम बरतना और न्याय (दूसरों को हानि पहुँचाने से बचना) जैसे सद्गुण बच्चों व बूढ़ों में भी होते हैं।

मेनो का तर्क है कि सद्गुण अच्छी चीजों की इच्छा करना और उन्हें पाने की शक्ति है। सुकरात कहता है कि इससे एक दूसरा प्रश्न उत्पन्न होता है—बहुत से लोग बुराई की पहचान नहीं कर पाते हैं। तब चर्चा इस ओर मुड़ जाती है कि इस तथ्य को कैसे स्पष्ट किया जाए कि बहुत से लोग अच्छाई एवं बुराई में फर्क नहीं कर पाते और अच्छे को बुरा तथा बुरे को अच्छा समझ लेते हैं। सुकरात मेनो को यह विचार करने के लिए कहता है कि क्या वास्तव में अच्छा बनने के लिए जरूरी है कि अच्छी चीजों को ईमानदारी से प्राप्त किया जाए? सुकरात एक और प्रश्न करता है कि सद्गुण क्या एक है या अनेक?

मेनो में सद्‌गुण की कोई संतोषजनक परिभाषा सामने नहीं आती है। तथापि, सुकरात की टिप्पणियों से पता चलता है कि उसके विचार में सद्‌गुण की संतोषजनक परिभाषा एकात्मक होनी चाहिए, न कि सद्‌गुण के विविध रूपों की सूची। इसमें सभी और केवल वे बातें होनी चाहिए, जिन्हें सद्‌गुण के प्रामाणिक उदाहरण माना जाता है और यह परिभाषा गोल-मोल नहीं होनी चाहिए।

जब मेनो कहता है कि सद्‌गुण का मतलब केवल अच्छी चीजों की इच्छा करना है, सुकरात तर्क देता है कि ऐसा नहीं हो सकता। चूँकि भिन्न-भिन्न मनुष्यों में सद्‌गुण असमान होता है, इसलिए सद्‌गुण कोई ऐसी वस्तु होनी चाहिए, जो उनमें कम-ज्यादा होती है। लेकिन वह तर्क करता है, कोई एक अच्छी माने जानेवाली वस्तु की इच्छा करना पूरी तरह सर्वजनीन है; क्योंकि कोई भी व्यक्ति जान-बूझकर बुरी चीज की इच्छा नहीं करता है। इसलिए उनके आचरण में अंतर उनके ज्ञान में भिन्नता का परिणाम होना चाहिए।

यह एक उल्लेखनीय दावा है।

सुकरात का मानना है कि उचित क्या है, इस बात का ज्ञान होने से स्वत: वैसा ही करने की इच्छा जाग्रत् होती है; हालाँकि हमारे नैतिक अनुभव की यह विशेषता संदिग्ध हो सकती है।

क्योंकि कोई भी व्यक्ति जान-बूझकर बुरी चीज की इच्छा नहीं करता है, इसलिए उनके आचरण में अंतर उनके ज्ञान में भिन्नता का परिणाम होना चाहिए।

इस प्रकार के प्रश्नों के बारे में सुकरात एक गंभीर दुविधा प्रस्तुत करता है—जो हम नहीं जानते, उसके बारे में हमें कभी भी कैसे पता चल सकता है? या तो हमें पहले से पता होता है कि हम क्या तलाश रहे हैं, ऐसी स्थिति में हमें देखने की जरूरत नहीं होती है या हम जानते ही नहीं हैं कि हम क्या खोज रहे हैं। ऐसी स्थिति में यदि हम उसे ढूँढ़

भी लेते हैं, तब भी उसे पहचान नहीं पाएँगे।

ज्ञान का यह विरोधाभास है कि हमारे स्वभाव और कार्य के बारे में अधिकांश मूलभूत प्रश्नों में हमारे लिए कुछ भी जान पाना लगभग असंभव हो जाता है। सुकरात के विचार में, इससे बचने का एकमात्र उपाय यह स्वीकार करना है कि हम पहले से जानते हैं, जो हमें जानना

सुकरात के ऊपर पानी उड़ेलती उनकी पत्नी जैंथिप

चाहिए। स्मरण-शक्ति का यह सिद्धांत है, एक धारणा है कि हमारा अत्यंत मौलिक ज्ञान हमें तब प्राप्त होता है जब हम आत्मा के किसी पिछले अस्तित्व के दौरान शाश्वत वास्तविकताओं के साथ परिचय या जानकारी को स्मृति में वापस लाते हैं।

सुकरात मेनो से पूछता है कि क्या उसका गुलाम नौकर यूनानी भाषा बोलता है और जब मेनो उसे आश्वस्त करता है कि उसका जन्म और पालन-पोषण उसके ही घर में हुआ, तब सुकरात स्वाभाविक ज्ञान के लिए बहस के संबंध में पाश्चात्य दर्शन का एक अत्यंत प्रभावशाली संवाद शुरू कर देता है। सुकरात जमीन में ज्यामितिक आकृतियाँ खींचकर दरशाता है कि वह गुलाम शुरू में यह नहीं जान पाता है कि वर्ग का क्षेत्रफल दो बार कैसे निकाला जाता है।

गुलाम लड़के के साथ उदाहरण को देखने के बाद मेनो सुकरात को बताता है कि उसके विचार में सुकरात का स्मरण-शक्तिवाला सिद्धांत सही है, जिसके उत्तर में सुकरात कहता है, "मैं मानता हूँ, मैं ठीक हूँ। मुझे उस पूरी कहानी के बारे में शपथ उठाने की आवश्यकता नहीं है; लेकिन जिस एक बात के लिए मैं जब तक संभव हो, कथनी और करनी में, लड़ने को तैयार हूँ। वह इस प्रकार है कि यदि हम उसकी खोज करना उचित समझें, जो हम नहीं जानते हैं तो हम अवश्य ही अधिक अच्छे, अधिक साहसी और अधिक क्रियाशील इनसान बन जाएँगे।"

यदि हम उसकी खोज करना उचित समझें, जो हम नहीं जानते हैं तो हम अवश्य ही अधिक अच्छे, अधिक साहसी और अधिक क्रियाशील इनसान बन जाएँगे।

एक रोचक प्रहसन में सुकरात एंथेमियोन के पुत्र एनिटस की प्रशंसा करता है, जिसने बुद्धिमानी और कठिन परिश्रम से अपना भाग्य बनाया। वह कहता है कि एंथिमियोन ने अपने पुत्र को अच्छी शिक्षा दिलाई और एनिटस, जिसके पास अपने पिता का दिया सबकुछ है, सद्‌गुणी है और

सद्गुण का अर्थ भी जानता है। एनिटस उससे सहमत नहीं है। सुकरात तब यह पूछता है? कि ऐसा क्यों है कि लोगों के पुत्र उन्हीं जैसे गुणी क्यों नहीं पैदा होते हैं? वह थेमिस्टोक्लिस, एरिस्टीडेज, परीक्लिस और थुसाईडिडेज जैसे उल्लेखनीय एवं महान् पुरुषों का जिक्र करता है और संदेह व्यक्त करता है कि क्या उनके पुत्र भी उतने ही सद्गुणी हैं जितने वे स्वयं हैं? एनिटस नाराज हो जाता है और सुकरात को झूठी निंदा करने का दोषी मानता है तथा उसे चेतावनी भी देता है कि ऐसे विचार व्यक्त करते समय उसे सावधानी बरतनी चाहिए। सुकरात मानता है कि एनिटस यह नहीं समझता कि निंदा करना क्या होता है और वह सद्गुण की व्याख्या के बारे में मेनो के साथ वार्त्तालाप जारी रखता है।

सुकरात 'सच्ची मान्यताओं' और 'ज्ञान' के बीच समानताओं व भिन्नताओं की ओर इशारा करता है। वह दावा करता है कि हालाँकि 'सच्ची मान्यताएँ' हमारे लिए उतनी ही उपयोगी हो सकती हैं जितना कि ज्ञान, फिर भी वे प्राय: 'अपनी जगह स्थिर' नहीं रह पाती हैं और उन्हें अनुस्मरण द्वारा 'खूँटे से बाँधकर' रखना चाहिए। 'सच्ची मान्यताओं' और 'ज्ञान' के बीच यह भेद 'तर्कसंगत सच्ची मान्यता' रूपी ज्ञान की दार्शनिक परिभाषा का आधार बन जाता है। सुकरात अपनी बात समाप्त करते हुए कहता है कि "हमारी जाँच-पड़ताल इसी नतीजे पर पहुँची लगती है कि यदि हमारा दृष्टिकोण वास्तव में सही है तो हम कह सकते हैं कि सद्गुण न तो जन्मजात होता है और न ही प्राप्त किया जाता है, बल्कि यह सद्गुणी को ईश्वर द्वारा प्रदान की गई एक सहज प्रवृत्ति होती है।"

एक रोचक अनुरूपता का प्रयोग करते हुए सुकरात संकेत करता है कि हम विविध रूपी जीव-जंतुओं के झुंड का वर्णन करने के लिए एक शब्द 'मधुमक्खी' का प्रयोग करते हैं। असल जीवित मधुमक्खी एक-दूसरे से बिलकुल भिन्न होती हैं; लेकिन हम उन सबकी पहचान मधुमक्खी के रूप में करते हैं। अत: कोई ऐसी धारणा, कोई विचार या कोई एक

स्वरूप अवश्य होना चाहिए, जो उन सभी में हो और जिसके आधार पर उन सभी को मधुमक्खी समूह कहा जा सके और जिसके जरिए हम किसी उड़नेवाले कीट विशेष का वर्गीकरण इस तरह कर सकें कि वह मधुमक्खी है या नहीं। कोई एक जीवित मधुमक्खी ऐसी नहीं है, जिसके आधार पर मधुमक्खियों की पूरी जाति का निरूपण किया जा सके। मधुमक्खियों की जाति मात्र एक विचार है या एक ऐसे शब्द से परिचय करना है, जिसे हम अकसर प्रयोग करते हैं। यह एक सर्वजनीन धारणा है। इस विचार को हम मधुमक्खी की तरह किसी बाग में फूलों के इर्द-गिर्द मँडराते नहीं देख सकते, बल्कि अपने मन में हम इसे समझ सकते हैं।

शेष चर्चा में सुकरात और मेनो यह बहस करते हैं कि क्या सद्‌गुण ज्ञान की इस कसौटी पर खरा उतरता है और वे इस निष्कर्ष पर पहुँचते हैं कि सद्‌गुण की शिक्षा नहीं दी जा रही है; क्योंकि न तो शिक्षक हैं और न शिक्षार्थी। यहाँ तक कि वे लोग भी अपनी संतान को सद्‌गुण की शिक्षा नहीं दे सके, जो एथेंस में अपने सद्‌गुण के लिए बहुत विख्यात हैं। अत: वे इस अविश्वसनीय विरोधाभासी निष्कर्ष पर पहुँचते हैं कि सद्‌गुण ईश्वर-प्रदत्त एक उपहार है और यह कि जिन लोगों को यह इस तरह प्राप्त होता है, उन्हें सद्‌गुण के बारे में कुछ ज्ञान नहीं होता है। सुकरात अंत में कहता है कि इस विषय के संबंध में फिलहाल हम इतना ही कह सकते हैं।

वार्त्तालाप का अंत अधूरा और विरोधाभासपूर्ण है; लेकिन हम अपने शेष संदेहों-शंकाओं का उत्तर खोजने कहाँ जाएँ, इस बारे में पर्याप्त स्पष्ट संकेत उसमें निहित हैं। सुकरात ने सर्वजनीन सत्य की खोज में अपने विश्वास के लिए एक दृष्टांत तैयार किया है, जो ज्ञान पर आधारित है और सच्चाई को खोज निकालने का उपयुक्त तरीका है। उसने निष्कर्ष रूप में कुछ भी प्रमाणित नहीं किया है; लेकिन उसने उन लोगों के लिए एक चुनौती जारी की है, जो बहुत ही आसानी से प्राप्त सम्मति को अपने

जीवन का आधार बनाना चाहते हैं या सांस्कृतिक एवं नैतिक सापेक्षवाद के अरुचिकर परिणाम को स्वीकार करना चाहते हैं और एक दिशा दिखाई है, जिसका हमें अनुसरण करना चाहिए।

सुकरात यह सुझाव नहीं दे रहा है कि हम अपनी सच्चाइयों को तय करते हैं और उनके सहारे जीते हैं। यहाँ बात उसके विपरीत है। यदि हमें सद्गुण को कभी समझना है तो उसे किसी सार्वभौम सत्य, किसी आदर्श के रूप में देखना होगा, जिसके अंतर्गत हमारे आस-पास के जीवन में सद्गुण के सभी विशिष्ट कार्य आ जाते हैं और जो उनकी व्याख्या करने में भी सहायक सिद्ध होता है। कुछ ऐसा, जो हममें से प्रत्येक को उतना ही विश्वसनीय लगता हो जितना कि कोई ज्यामितीय उदाहरण। सद्गुण के बारे में हमारी समझ ज्ञान की उसी निश्चितता पर आधारित होनी चाहिए। यही वह चुनौती है, जो वह संवाद के अंत में हमारे लिए छोड़ जाता है।

सुकरात का रुख अपने समुदाय की परंपराओं के प्रति क्रांतिकारी लगता है। उसके विचारों के बारे में हम चाहे कुछ भी जानते हों, वह उन सबके मुकाबले अत्यधिक प्रसिद्धि प्राप्त है, जो दावा करते हैं कि पुरानी परंपराएँ उस नए मानदंड का जवाब हैं, जिसका मस्तिष्क समुदाय के मूल्यों एवं आदतों के ऊपर और उनसे परे रहता है, जब तक कि उन मूल्यों एवं आदतों की सच्चाई के पक्ष में उचित न ठहराया जा सके। यह एक धारणा है, जिसे वे परिभाषित नहीं करते; लेकिन यदि हमें उनको अच्छे जीवन के एक पथ-प्रदर्शक के रूप में स्वीकार करना है तो उन्हें इसका उत्तर अवश्य देना चाहिए।

उन सब लोगों के विपरीत, जैसे कि मोज़ेज, जिसकी मुख्य चिंता इस बात को लेकर है कि वह अपने लोगों को एक साँझी परंपरा का पालन करने की शिक्षा देना चाहता है, क्योंकि वह परंपरा ईश्वर से आती है अथवा ईडिपस, जो अपनी श्रेष्ठता को उन्हीं शब्दों में परिभाषित करता है, जिन्हें समुदाय पहचानता है या गिलगमेश, जो अपने समुदाय के

परंपरागत मूल्यों को अनुभव द्वारा समझने में सफल होता है। सुकरात एक नए, तर्कसंगत मानदंड पर जोर दे रहा है। इस प्रकार, वह उन सब लोगों के एक स्वाभाविक प्रेरक के रूप में सामने आता है, जो विवेक के नाम में विरासत में प्राप्त नैतिकताओं का विरोध करना चाहते हैं।

सुकरात उन सभी लोगों के एक स्वाभाविक प्रेरक के रूप में सामने आता है, जो विवेक के नाम में विरासत में प्राप्त नैतिकताओं का विरोध करना चाहते हैं।

नई चुनौती के केंद्र में सर्वजनीन सच्चाइयों की तर्कसंगत तलाश का विषय है। ये सर्वजनीन सत्य उनके विरुद्ध एक मानदंड के रूप में विद्यमान रहते हैं, जिन्हें हम सच का दावा मानते हैं और उन्हें विचारों से अलग करते हैं (ऐसे विचार चाहे कितने भी उपयोगी क्यों न हों), क्योंकि ऐसी सर्वजनीन सच्चाइयों का आधार होता है। हम उन्हें खुद जन्म नहीं देते हैं। एक संवादोचित पूछताछ की प्रक्रिया द्वारा हम उनका पता लगा लेते हैं और क्योंकि वे सभी मनुष्यों द्वारा जानने योग्य सच्चाइयों पर आधारित होते हैं, इसलिए उनकी शिक्षा इस ढंग से दी जा सकती है, जिससे सांस्कृतिक परंपराओं एवं मान्यताओं की विविधता का सिलसिला आगे बढ़ता है। हमारे नैतिक जीवन का एक मुख्य कार्य यह हो जाता है कि हम उन मान्यताओं के माध्यम से सोचने लग जाते हैं, जो ज्ञान का दावा करती हैं।

सुकरात हमारी जाँच-पड़ताल के स्वरूप को नाटकीय रूप से बदल देता है। सुकरात के बाद कोई भी ज्ञान के विषय को उठाए बिना सद्गुण के प्रश्नों पर विचार-विमर्श नहीं कर सकता और सर्वजनीन सत्य, स्वाभाविक विचारों, इन विचारों का पता लगाने संबंधी उपयुक्त विधि और उस जाँच-पड़ताल के लिए उपयुक्त भाषा के प्रश्न पर ध्यान दिए बिना भी उसे विचार-विमर्श में प्रस्तुत नहीं कर सकता।

एक सर्वजनीन, सुस्पष्ट रूप से प्रयुक्त सत्य कुछ महत्त्व रखता है या उसका कोई अर्थ नहीं होता है। यदि इसका कुछ अर्थ होता है, कि यह कुछ ऐसा नहीं है, जिसे मेरे मन की स्वेच्छाचारी कल्पना कह दिया जाए; यदि इसका कुछ भी अर्थ नहीं है तो सारा विज्ञान यहाँ आकर शून्य हो जाता है। विज्ञान 'विषयगत संदर्भ' में ही सही या गलत होता है। नीतिशास्त्र में सिद्धांत का मतलब होता है कि उसमें हम सभी पुरुष या स्त्री, सभ्य या असभ्य, दास या मुक्त के लिए एक नैतिक आदर्श है। वास्तव में 'शाश्वत और अपरिवर्तनीय' नैतिकता स्वरूप एक है, न कि अलग-अलग नैतिक आदर्शों के विविध रूप—जैसे कि एक 'निजी व्यक्ति' के लिए एक दूसरा 'राष्ट्र' या उसके राजनीतिज्ञों के लिए, या एक आदर्श 'अनुयायियों' के लिए और दूसरा 'नेता' के लिए।

सुकरात इन जटिल प्रश्नों के उत्तर नहीं दे रहा है—न तो मेमो में, न अन्यत्र। वह हमको एक ऐसे जीवन में बुला रहा है, जिसमें हम यह पता लगाने के लिए चल रहे वार्त्तालाप में शामिल हो सकें कि ऐसा सोच-विचार हमें किधर ले जाएगा। वह इतनी आशा अवश्य करता है कि सद्गुण का ठिकाना प्रक्रिया में कहीं है, लक्ष्य में नहीं। सत्य की खोज को भौतिक सफलता संबंधी खोज से अधिक महत्त्व दिया जाना चाहिए।

□

8

आत्मा की अमरता

फेदो (फइदाँ) नामक अध्याय में प्लेटो की जुबानी सुकरात के जीवन-चरित्र के वर्णन का समापन है। फेदो ने 'अपॉलॉजी' में वर्णित विचारणा के बाद कारावास में काफी लंबा समय गुजारा है; अपॉलॉजी में 'एथेंस के लोगों' ने उन्हें मौत की सजा सुनाई थी। अब, यहाँ वह अपने निष्ठावान्, शायद सिद्धांतवादी, मित्रों के साथ है जिन्हें वह 'न्यायाधीश' के रूप में संबोधित करता है। उसे किस बयान का बचाव करना चाहिए? दार्शनिक तत्काल मरने के लिए तैयार होगा। वह इतना शांत कैसे हो सकता है? 'अपोलॉजी' में प्रदर्शित 'सुकराती अज्ञान' हम भूले नहीं हैं। सुकरात कभी भी सीधे तौर पर यह नहीं कहेगा कि वह जानता है कि मृत्यु में उसे क्या मिलने वाला है। हम कह सकते हैं, वह कभी भी ज्ञान के दावे नहीं करता है; लेकिन वह कहानियाँ सुनाता है। वह आग्रह नहीं करता है, परंतु वह 'आशा करता है।'

फेदो याददाश्त के सहारे इकीक्रेटीज को संवाद सुनाता है। 'फेदो' में चर्चा का मुख्य विषय यह धारणा है कि आत्मा अमर है। सुकरात आत्मा की अमरता के पक्ष में चार तर्क प्रस्तुत करता है—चक्रीय तर्क, स्मरण-शक्ति का सिद्धांत, समरूपता का तर्क और जीवन के स्वरूप से संबंधित तर्क।

चक्रीय तर्क या प्रतिस्पर्धी तर्क स्पष्ट करता है कि क्योंकि आकृतियाँ

शाश्वत एवं अपरिवर्तनशील हैं और चूँकि आत्मा सदैव जीवन लेकर आती है और फिर इसे मरना नहीं चाहिए, इसलिए यह अनिवार्यत: अनश्वर है। क्योंकि शरीर नश्वर है और यह भौतिक मृत्यु को प्राप्त होता है, इसलिए आत्मा उसका अविनाशी प्रतिपक्ष है। फिर सुकरात अग्नि और शीत की अनुरूपता का उदाहरण देता है। यदि शीत नष्ट न होनेवाली चीज हो और अग्नि, उसका प्रतिपक्ष, उसके बहुत नजदीक हो तो उसे समूचा पीछे हटना होगा, जैसे मृत्यु के दौरान आत्मा शरीर से अलग हो जाती है। उसकी तुलना चुंबक के परस्पर विपरीत आवेशों के साथ की जा सकती है।

स्मरण-शक्ति का सिद्धांत स्पष्ट करता है कि जन्म के समय हमारे पास कुछ गैर-अनुभवजन्य ज्ञान होता है, जिसका अभिप्राय है कि उस ज्ञान को आगे ले जाने के लिए आत्मा का अस्तित्व जन्म से पहले था।

समरूपता का तर्क यह दरशाता है कि अदृश्य अमर और अशरीरी चीजें दृष्टिगोचर, नश्वर और भौतिक वस्तुओं से भिन्न होती हैं। हमारी आत्मा का संबंध पहले वर्ग से है और शरीर का बादवाली श्रेणी से। इसका अर्थ है कि जब हमारी देह मर जाती है और सड़ने लगती है, हमारी आत्मा जीवित बनी रहेगी।

जीवन के रूप-विधान का तर्क स्पष्ट करता है कि मूर्त, अमूर्त और स्थिर सत्ताएँ संसार में सभी चीजों का कारण हैं और सभी चीजें रूपों में शामिल होती हैं। उदाहरण के लिए, सुंदर वस्तुएँ सुंदरता का रूप लेती हैं; 4 की संख्या सम संख्या में सम्मिलित होती है आदि। आत्मा की भी अपनी प्रकृति है, जिसके कारण यह जीवन के रूप में सम्मिलित होती है। इसका मतलब होगा कि आत्मा कभी नहीं मर सकती।

जब हम मरते हैं, तब आखिरकार यही तो होता है कि मानव की आत्मा मानव देह से अलग हो जाती है और दार्शनिक जीवन का चरित्र-चित्रण करना आत्मा का काम है, शरीर का नहीं। क्योंकि जीवन

में अत्यंत महत्त्वपूर्ण विषयों का अधिकतम स्पष्ट ज्ञान केवल आत्मा को होता है, इसलिए नश्वर देह से उसका प्रथागत संबंध प्राय: महत्त्व रखनेवाले विषयों से ध्यान हटाने के लिए होता है। हमें भूख लगती है या हमें नींद आती है और इस तरह शरीर की आवश्यकताएँ हमारे कार्य में बाधा डालती हैं। अत: शारीरिक बंधनों से मुक्ति पाने के लिए मृत्यु की चाह करना उचित हो सकता है। लेकिन क्या यह मानने का वास्तव में कोई कारण है कि देह के मर जाने के बाद भी आत्मा का अस्तित्व रहता है और वह अपना काम करती रहती है? '**फेदो**' में अधिकांश तर्क इसी विषय को लेकर प्रस्तुत किए गए हैं।

पहला तर्क चक्रीय अंतर्बदल पर आधारित है, जिसके अनुसार प्रत्येक गुण उसके अपने विपरीत गुण से उत्पन्न होता है। ताप शीत से आता है और शीत ताप से : अर्थात् गरम चीजें ठंडी होती हैं, जो गरम हो गई हैं और ठंडी चीजें गरम होती हैं, जो ठंडी हो गई हैं। उसी प्रकार जाग्रत् लोग वे हैं, जो सोए हुए थे, लेकिन फिर जाग गए; जबकि जो लोग सोए हुए हैं वे जाग्रत् थे, लेकिन फिर सो गए।

लेकिन तब, अनुरूपता के आधार पर, मृत्यु का आना जीवन से होना चाहिए और जीवन का मृत्यु से। यानी जो लोग मर गए हैं वे वही हैं, जो जीवित थे; लेकिन फिर उन्हें परिवर्तन का अनुभव हुआ जिसे हम मरना कहते हैं, और जो लोग जीवित हैं वे वही लोग हैं जो मरे हुओं में शामिल थे; लेकिन फिर वे परिवर्तन से गुजरे, जिसे हम जन्म लेना कहते हैं। इस तर्क से मानव आत्माओं के निरंतर पुनश्चक्रण का पता लगता है, अर्थात् आत्मा जीवन से मरण और फिर वापस जीवन के बीच बराबर चक्कर लगाती रहती है।

यदि यह वास्तविकता का बिलकुल सही चित्रण है तो निश्चय ही इससे यह निष्कर्ष निकलता है कि मेरे शरीर की मृत्यु के बाद भी मेरी आत्मा का अस्तित्व बना रहेगा। लेकिन इसका अर्थ यह भी है

एथेंस में सुकरात

कि मेरी आत्मा मेरी देह के जन्म लेने से पहले मौजूद थी। यह कल्पना कुछ ज्यादा ही बेतुकी लग सकती है। लेकिन सुकरात का तर्क है कि सामान्य मानव जीवन और ज्ञान के दौर में इसकी सच्चाई का यथेष्ट प्रमाण है।

जैसा कि सुकरात ने **मेनो** में प्रस्तावित किया था, मानव ज्ञान के अत्यंत महत्त्वपूर्ण विविध रूप वास्तव में स्मरण-शक्ति से संबंध रखते हैं। मिसाल के तौर पर, समानता के बारे में हमारे ज्ञान पर विचार करें। हम बड़ी आसानी से जान लेते हैं कि दो लोग ऊँचाई (लंबाई) में बिलकुल बराबर हैं या नहीं। असलियत में, वे ऊँचाई (लंबाई) में कभी भी बराबर नहीं होते हैं; क्योंकि हमें पता होता है कि अधिक सावधानी से, ठीक-ठीक नापने पर कुछ-न-कुछ अंतर निकल ही आएगा, भले ही वह अंतर बहुत कम हो। इस आधार पर कह सकते हैं कि सामान्य जीवन में जितने भी इस तरह के उदाहरण हम देखते हैं, उनमें समानता लगती अवश्य है, लेकिन फिर भी वह समानता 100 प्रतिशत नहीं होती है। किंतु ध्यान दें कि यद्यपि हम अपने अनुभव से इस महत्त्वपूर्ण कमी की सच्चाई को समझते हैं, फिर भी हमें निश्चित रूप से किसी तरह यह पता करना या जानना चाहिए कि सच्ची समानता क्या होती है, हालाँकि हमने उसे कभी देखा नहीं होता।

बहुत सी दूसरी अमूर्त धारणाओं के बारे में भी यह बात कही जा सकती है—हालाँकि हम उनके आधे-अधूरे दृष्टांतों को ही दखते व अनुभव करते हैं, फिर भी हमें सच्चाई, अच्छाई और सुंदरता का वास्तविक ज्ञान होता है, जिन्हें समानता से कम नहीं आँका जा सकता। इस प्रकार की चीजों के वास्तव में विविध रूप होते हैं ये अमूर्त सत्ताएँ होती हैं, जिनका अस्तित्व संवेदनशील जगत् से स्वतंत्र होता है, लेकिन वे परिपूर्ण श्रेष्ठ और अपरिवर्तनीय रूपों की कुछ-कुछ नकल करती हैं। इस प्रकार, हम संवेदनशील वस्तुओं के बारे में जो भी जानकारी

प्राप्त करते हैं, जैसे कि यह जानना कि कल का उच्च एवं निम्न तापमान क्या था, वह सब जानकारी अल्पकालिक, महत्त्वहीन और अविश्वसनीय होती है; जबकि रूपों-आकृतियों के बारे में प्राप्त वास्तविक ज्ञान संपूर्ण और हमेशा के लिए निर्विवाद होता है, जैसे कि 93-67=26।

चूँकि हमें इन अति संवेदनशील वास्तविकताओं के बारे में निश्चित ज्ञान होता है, ऐसा ज्ञान जो हम शायद किसी दैहिक अनुभूति से प्राप्त नहीं कर पाते। यह अवश्य ही स्मृति का कोई रूप होना चाहिए; ये वे अनुभव हो सकते हैं जिनके साथ हमारी आत्माओं का परिचय हमारे जन्म के पहले हुआ होगा। उस मामले में, हमारे नश्वर शरीर का अस्तित्व हमारी आत्माओं के अस्तित्व के लिए अनिवार्य नहीं हो सकता, न जन्म से पूर्व और न मृत्यु के बाद—और इस कारण हम अमर हैं।

साहित्यिक उपाय के रूप में संवाद के प्रयोग ने किसी स्थिति को, सुकरात की आवाज में प्रस्तुत करना, बल्कि अन्य पात्रों की आवाज में महत्त्वपूर्ण आपत्तियों पर विचार करना सभी सरल बना दिया, जो उसके विरुद्ध उठाई जा सकती थीं। सुकरात ने ध्यान दिलाया कि उसका अर्थ यह नहीं है कि दर्शनशास्त्र तर्क और वितर्क का सिर्फ एक निरर्थक खेल है; क्योंकि हमारा लक्ष्य तर्क की उस एक पंक्ति को खोजना होता है, जो सच्चाई तक ले जा सके। दर्शनशास्त्री प्रत्येक संभावना की छानबीन करता है और किसी विषय के हर पहलू की सही-सही जाँच करता है, क्योंकि उससे अंततः वास्तविकता के सही स्वरूप तक पहुँचने के अवसर बढ़ जाते हैं।

अतः थेबीज का सिम्मिआस सुझाव देता है कि आत्मा और शरीर के बीच संबंध की तुलना सांगीतिक समरसता एवं इसे उत्पन्न करने वाले वाद्य के तारों के बीच संबंध से की जा सकती है। इस मामले में यद्यपि आत्मा स्पष्टतः शरीर से अलग है, फिर भी यह आशा करना

तर्कसंगत नहीं लगता कि उस भौतिक शरीर के पूरी तरह नष्ट हो जाने पर आत्मा का अस्तित्व बना रहता है। यह मानव-स्वभाव के दृष्टिकोण का एक आरंभिक विवरण है, जिसे बाद में अनुघटनावाद कहा गया। लेकिन सुकरात उत्तर देता है कि यह सादृश्य मान्य नहीं होगा, क्योंकि आत्मा शरीर की क्रियाओं पर सीधा नियंत्रण रखती है; जबकि सांगीतिक समरसता का वीणा के तारों पर ऐसा कोई नियंत्रण नहीं होता है। लगता है, प्लेटो यहाँ कहना चाहता है कि यदि सिम्मिआस का विचार सही है तो मानवोचित नैतिकता, न्यायानुसार कार्य करने संबंधी उचित मानदंडों का एक पर्याप्त विवरण दे पाना असंभव हो जाएगा।

थेबीज के सिबेस को सद्‌गुण और सच्चाई के एक गंभीर जिज्ञासु के रूप में प्रस्तुत किया जाता है, जो बहस में हिस्सा लेने के लिए उत्सुक रहता है और निर्णय में सावधानी बरतता है। सिबोस एक और कठिन आपत्ति प्रस्तुत करता है; शरीर को यदि आत्मा द्वारा ओढ़ा वस्त्र माना जाए तो आप क्या कहेंगे? यद्यपि मेरा कोई भी एक वस्त्र ज्यादा लंबे समय तक नहीं चलता है, जबकि मैं बना रहता हूँ; फिर भी एक समय आस्था, जब मैं मर जाऊँगा और मेरे कुछ कपड़े शायद बचे रहेंगे। उसी तरीके से विषय के विपक्ष में प्रस्तुत दलीलों ने यद्यपि यह दिखा दिया है कि सिद्धांत रूप में आत्मा किसी भी मानव-शरीर विशेष के जीवन से अधिक समय तक विद्यमान रह सकती है। फिर भी कोई समय आ सकता है, जब आत्मा का अस्तित्व भी नहीं रहेगा। सिबेस का तर्क है कि यदि मान भी लिया जाए कि मृत्यु के बाद भी जीवन है, तब भी सही मायने में आत्मा को अनश्वर नहीं कहा जा सकता।

सिबेस उत्पत्ति और विनाश के कारणों की पूरी जाँच की माँग करता है। सुकरात यहाँ अपने अनुभवों का वर्णन करेगा—जब वह जवान था, उसे प्रकृति के ज्ञान के बारे में जानने की तीव्र इच्छा रहती थी। लेकिन अपने आपको समझा लिया कि इस तरह की खोज करने

की प्रकृति उसमें नहीं है। लेकिन फिर उसकी नजर एनाक्सागोरस के लेखों पर पड़ी, जो दावा करता है कि जो कुछ भी सर्वोत्तम है, उनकी व्यवस्था करने और उन्हें प्रेरित करने का काम मन करता है, इसलिए हमें सर्वश्रेष्ठ के रूप में मन का अध्ययन करना चाहिए। सुकरात के जेल में होने का सही कारण यह है कि एथेंस के लोगों ने यही श्रेष्ठ समझा कि उसे जेल में होना चाहिए; सुकरात की देह, जो उसके वहाँ होने का भौतिक कारण है, को इस मामले में एक सही कारण मानकर केंद्र में रखना निरर्थक होगा। सुकरात अपेक्षा करता है कि हमें कारण और पूर्व-शर्तों में फर्क करना चाहिए, और फिर वह दावा करता है कि यह 'अच्छाई' ही है, जो सारी चीजों को एक-साथ जोड़कर रखती है।

इस आलोचना के प्रत्युत्तर में सुकरात ने आकृतियों की भूमिका की अतिरिक्त धारणा को सम्मिलित करके परस्पर विरोधी तर्कों का रुख बदल दिया। अब उसका कहना है कि प्रत्येक रूप अथवा आकृति, प्रत्येक संपूर्ण दृष्टांत विशेष का कारण है, जो उसके नाम को धारण करता है—सुंदरता का रूप-विधान किसी भी सुंदर वस्तु के सौंदर्य का कारण बनता है; समानता का स्वरूप समान वस्तुओं के किसी भी जोड़े की समानता का कारण बनता है आदि-आदि। लेकिन तब, चूँकि आत्मा जीवित है, उसे जीवन के स्वरूप में सम्मिलित होना चाहिए और इस कारण यह कभी मर नहीं सकती। आत्मा पूर्णरूपेण एवं निश्चय ही अविनाशी है, न केवल इस जीवन के लिए, अपितु सदा के लिए।

सूरज पर दृष्टि गड़ाकर अंधा होने के बजाय वह सूरज के प्रतिबिंब को पानी में देखता है। यह अपने आप में उसके दार्शनिक ढंग का एक उदाहरण है। हर चीज के अंदर अपनी आँखों से झाँकने के बजाय वह शब्द या प्रतीक या बिंब में उनकी सच्चाई देखता है। लेकिन वह चेतावनी देता है कि इस बिंब से सावधान रहें। यह अत्यंत महत्त्वपूर्ण

है—रोजमर्रा की जिंदगी में चीजों के साथ पारस्परिक व्यवहार में, अपनी मौलिक दृष्टि में चीजों को देखने और उनके साथ संबंध में बिंब होते हैं। दार्शनिक वह व्यक्ति है, जो जानता है कि हर दिन भी बिंबवादी होता है, जो प्रतिदिन की 'वास्तविकता' के सामाजिक एवं ऐतिहासिक विधान को पहचानता है। अपरीक्षित सामान्य जीवन की आत्मांधता का जोखिम उठाने के बजाय दार्शनिक संस्कृति के जरिए बोध की अनिवार्य मध्यस्थता को पहचान लेता है। इसके साथ ही सुकरात की बात समाप्त हो जाती है।

रोजमर्रा की जिंदगी में चीजों के साथ पारस्परिक व्यवहार में बिंब होते हैं। दार्शनिक वह व्यक्ति है, जो प्रतिदिन की 'वास्तविकता' के सामाजिक ऐतिहासिक विधान को पहचानता है।

शब्द और परिकल्पना की अनिवार्यता को पहचानते हुए सुकरात खुद को आत्म-समीक्षा की अनंत प्रक्रिया में डाल देता है, जो दूसरों के लिए एक खुली किताब है; उसकी वैचारिक स्थितियाँ अथवा दृष्टिकोण अस्थायी एवं त्रुटिपूर्ण होने के सिवा कुछ नहीं हो सकते और सबसे अच्छे निष्कर्ष वे होते हैं, जिनमें व्यापक स्तर पर अधिक-से-अधिक लोगों की सम्मति होती है। यहाँ हम एक ऊटपटाँग व बेढंगे लोकतांत्रिक सुकरात को खड़ा पाते हैं—कोई भी नगर-राज्य जितने अधिक-से-अधिक लोगों को अपने मूलभूत चारित्रिक गुणों को प्राप्त करने की अनुमति देगा, दार्शनिकों को उतना ही अधिक विश्वास होगा कि उनकी सोच सही दिशा में थी।

इन तर्कसंगत दलीलों के प्रत्यक्ष प्रभाव के बावजूद **फेदा** का समापन मृत्यु के पश्चात् जीवन के बारे में एक मनगढ़ंत प्रस्तुति के साथ होता है। हमारी अपनी दुनिया के परे एक दुनिया के अस्तित्व

के बारे में यह यथार्थ चित्रण काल्पनिक है, तर्कसंगत नहीं है। अत: इससे सच्चाई को उतनी ही पूर्णता एवं असंदिग्धता के साथ प्रस्तुत करने की आशा नहीं की जा सकती। यद्यपि हम विवेकपूर्ण तर्क-वितर्क से पूरी तरह सहमत नहीं हैं, फिर भी एक दिलचस्प कहानी में प्रस्तुत विचारों से हम कुछ सुखद अनुभूति तो प्राप्त कर ही सकते हैं।

□

9

सुकरात की प्रासंगिकता

सुकरात का चिंतन और उसका जीवन दर्शनशास्त्र के विवेचन और ज्ञान की खोज को समर्पित रहा। सुकरात के लिए इसका अर्थ उन लोगों से प्रश्न पूछना था, जो कुछ न जानने का दावा करते थे। अपने इस कार्य से उसने काफी शत्रु बना लिये और नतीजा यह हुआ कि उस पर मुकदमा चलाया गया, उसे दोषी करार दिया गया और मृत्युदंड दिया गया, क्योंकि उसने एथेंस में उन लोगों की आलोचना और बदनामी न करने से मना क़र दिया था, जो सत्ता में थे और प्रभावशाली थे।

यह पुस्तक उन सभी पाठकों के लिए प्रेरणाप्रद सिद्ध होगी, जो सुकरात, उसकी जीवनी और उसके विचार से परिचित नहीं हैं और जिन्हें यह जानकारी नहीं है कि सुकरात के विरुद्ध जो झूठे आरोप लगाए गए थे उनके संदर्भ में उसने क्या सफाई दी और तत्त्व-ज्ञान की खोज में लगे रहते तथा अपना जीवन अपने ढंग से जीने के बारे में उसने क्या तर्क दिए, क्या औचित्य प्रस्तुत किया। यह अंतिम अध्याय सुकरात की कुछ अत्यंत महत्त्वपूर्ण अंतर्दृष्टियों, गहरी पैठ एवं स्पष्ट सोच पर संक्षेप में चर्चा करता है।

सुकरात ज्ञान की खोज में लगा हुआ है, लेकिन वह अपने दावों के बारे में बहुत सावधानी बरतता है। उसका कहना कि वह कुछ नहीं जानता और दूसरे कुतर्कियों के विपरीत, उसके पास ऐसी बुद्धिमत्ता नहीं है, जिसका वह मोल-भाव कर सके। परंतु कभी-कभी वह उन बातों के

बारे में सशक्त दावे करता है, जो उसके लिए महत्त्वपूर्ण हैं, जिन्हें वह अत्यधिक प्रशंसनीय एवं मूल्यवान् समझता है। 'अपॉलॉजी' में सुकरात की मुख्य सलाह और उसका दार्शनिक लक्ष्य आत्मा की देख-भाल करने के बारे में है। वह प्रत्येक एथेंसवासी और हर उस व्यक्ति से—जो उसे सुनना चाहते हैं—आग्रह करता है कि वे धन, प्रसिद्धि या जमीन-जायदाद के पीछे न पड़ें, बल्कि आत्मा की पूरी देखभाल करें और यथा-संभव अच्छा बनने का प्रयास करें।

सुकरात का मानना है कि धन-दौलत, मान-प्रतिष्ठा, प्रसिद्धि आदि का इतना महत्त्व नहीं है और यह कि सद्गुणों को अपनाकर ही आत्मा की देखभाल संभव है। लेकिन सद्गुणों को अपनाने का अभिप्राय क्या है?

> *सुकरात उसे सुनने, चाह रखनेवाले हर व्यक्ति से आग्रह करता है कि वे धन, प्रसिद्धि या जमीन-जायदाद के पीछे न पड़ें, बल्कि आत्मा की पूरी देखभाल करें और उसे यथासंभव अच्छा बनाने का प्रयास करें।*

प्राचीन यूनानी संसार में सद्गुण को 'अरेत्' कहा जाता था और किसी भी प्रकार की श्रेष्ठता के लिए इसका प्रयोग किया जाता था। सद्गुणों को उन मनकीय गतिविधियों के दौरान प्राप्त किया जाता है और प्रयोग में लाया जाता है, जिनमें संलग्न रहने और श्रेष्ठता हासिल करने से कुछ-कुछ ऐसे अतिरिक्त सद्गुण, अच्छे परिणाम और लाभ प्राप्त होते हैं, जिन्हें उन्हीं गतिविधियों या उसी प्रकार की गतिविधियों में पाया जा सकता है।

हालाँकि गेंद को लात मारना किसी गतिविधि की कोटि में और उस क्षेत्र में नहीं आता है, जिसमें उत्कृष्टता प्रदर्शित की जाती है; लेकिन फुटबॉल का खेल अवश्य उस श्रेणी में आता है, क्योंकि एक अच्छा

खिलाड़ी बनने के लिए खेल को सीखना जरूरी होता है, जैसे कि गुट बनाकर खेलना और दूसरों के साथ तालमेल बिठाकर खेलना, निष्पक्ष होकर आदर-सहित एवं नियमानुसार खेलना और अल्पकालिक एवं दीर्घकालिक लक्ष्यों को ध्यान में रखते हुए आगे बढ़ना। इसके अलावा, इन अच्छे गुणों को प्राप्त करना एक आदर्श खेल का हिस्सा माना जाता है और यदि कोई व्यक्ति उन गुणों के इर्द-गिर्द ही घूमता रहता है तो वह कभी भी एक अच्छा खिलाड़ी नहीं बन सकता।

राजगीरी का काम कोई ऐसी गतिविधि नहीं है, जिसमें सद्‌गुणों को प्रदर्शित या विकसित किया जा सके; लेकिन वास्तुशिल्प है। ऐसी अनेक गतिविधियाँ एवं क्रिया-कलाप हैं, जिनके अध्यवसाय में सद्‌गुणों का प्रयोग किया जा सकता है; क्योंकि कला, संगीत, दर्शनशास्त्र, गणित, विज्ञान, विधि, लेखन आदि के क्षेत्र में इन क्रिया-कलापों से जुड़े कई प्रकार के अन्य लाभ एवं पुरस्कार भी प्राप्त होते हैं और इस तरह आप न केवल अपने क्षेत्र में श्रेष्ठता प्राप्त कर रहे होते हैं, बल्कि अन्य विषयों एवं अन्य दिशाओं में भी अच्छा ज्ञान हासिल कर रहे होते हैं। सच है कि इन गतिविधियों में लगे रहकर व्यक्ति को आदर-सम्मान, सामाजिक प्रतिष्ठा और धन की प्राप्ति हो सकती है; लेकिन उन्हें सद्‌गुणों से जोड़नेवाली चीजें ये बाहरी वस्तुएँ नहीं हैं बल्कि सद्‌गुणों—क्षमताओं, योग्यताओं और अंतर्दृष्टियों—को प्राप्त करना है, जिन्हें उन क्रियाकलापों में श्रेष्ठता के जरिए ही हासिल किया जा सकता है। दर्शनशास्त्र के क्षेत्र में अनेक वर्षों तक अनेक विचारकों का अध्ययन करके ज्ञान की खोज में लगे रहने से व्यक्ति को न केवल दर्शनशास्त्र के बारे में जानकारी मिलती है और ज्ञान के दावों की परख करना आ जाता है, अपितु वह दूसरों के लिए एक बेहतर श्रोता भी बन सकता है, अपने निजी विचारों से भिन्न विचारों पर अधिक ध्यान दे सकता है, अधिक शिष्ट एवं विनम्र बन सकता है और अपने विचारों को अधिक स्पष्टता के साथ व्यक्त करने तथा बेहतर ढंग से सोचने की योग्यता प्राप्त कर सकता है और

दूसरे लोगों के विचारों के प्रति अधिक उदार हो सकता है आदि-आदि।

ध्यान देने योग्य महत्त्व की बात यह है कि कुछ जटिल क्रिया-कलापों में लगे रहने से जो बाहरी लाभ प्राप्त होते हैं, जैसे कि धन-दौलत एवं अच्छी नौकरी, वे दुर्लभ हैं और उनको हासिल करने के लिए अकसर होड़ लगी रहती है, और उस होड़ में कभी-कभी किसी को सफलता मिलती है, किसी को हार; लेकिन आंतरिक लाभ, सद्‌गुण—जिन्हें सुकरात प्रशंसनीय वस्तु मानता है—किसी के भी लिए सदैव स्वतंत्र हैं, प्रचुर हैं एवं उपलब्ध रहते हैं और उनका भंडार दूसरों के लिए कभी खाली नहीं होता। इसके अलावा, उनका पालन करने से आप न केवल एक बेहतर इनसान बनते हैं बल्कि आपके आस-पास के लोग भी उससे लाभान्वित होते हैं। यह भी संभव है कि हम किसी कार्य में श्रेष्ठता के पीछे लगे रहें और कभी भी बहुत अच्छा न कर सकें; लेकिन फिर भी कुछ सद्‌गुणों एवं क्षमताओं को प्राप्त करने में सफल हो जाएँ।

सुकरात की मृत्यु

इस तरह हम देखते हैं कि बहुत अच्छे खिलाड़ी न होते हुए भी उनको और दर्शनशास्त्र के विद्यार्थियों को लाभ मिलता है। फिर भी एक बात निश्चित है कि अधिकतर लोग बाहरी लाभों पर आँखें गड़ाए रखते हैं और जटिल मानवीय कार्यों एवं प्रयासों को उन्हें प्राप्त करने का साधन मानते हैं और अकसर सद्‌गुणों की चाह करनेवाले बहुत कम लोग होते हैं।

सद्‌गुण और श्रेष्ठता की यह धारणा, जिसका मैं वर्णन कर रहा हूँ, समकालीन विश्व में बहुत जानी-पहचानी और सुप्रकट नहीं है। नीतिशास्त्र के बारे में सुकरात की विचार-शैली का यह एक महत्त्वपूर्ण अंग है। उसके बारे में अनूठी बात यह है कि उसके केंद्र में व्यक्ति की खुद को बनाने की कोशिश होती है। यह अपने पर दबाव डालने, अपने साथ कठोर बनने के बारे में है। इसका संबंध अपना विकास-परिष्कार करने और खुद को बनाने का कार्य करने से है। सद्‌गुण का पालन करने के लिए उनको समझना और उनकी स्पष्ट जानकारी प्राप्त करना आवश्यक है। आपको उनपर पैनी नजर रखनी चाहिए। लेकिन आपको अपने बारे में एक निर्णायक धारणा बनाने की जरूरत है कि आप उन्हें पाना चाहते हैं, लेकिन आप में उनकी कमी है और यह धारणा कि आप ही वह व्यक्ति हैं, जिसके पास वे सद्‌गुण हैं और उनकी शक्ति है, ताकि आप पहले वाली स्थिति से बाद वाली स्थिति में आ सकें। दूसरे शब्दों में, अपनी अंतर्निहित तक पहुँचने और अच्छा बनने के लिए आपको अपने बारे में इस धारणा की आवश्यकता है कि आप कौन हैं और इस बात पर आधारित अपनी धारणा कि आप कौन हो सकते हैं, जिससे कि आप उसे साकार कर सकें और उस लक्ष्य की ओर बढ़ सकें।

यह धारणा कि अच्छा होने का क्या मतलब है उस प्रचलित, सस्ती और सहज नैतिकता से भिन्न है, जो आपकी दृष्टि दूसरों के तथाकथित पापों पर लगे रहने और दूसरों के बारे में बहुत जल्दी एवं कठोर फैसला करने से आती है। सुकरात को उन भीषण किंतु झूठ बातों के कारण दोषी

ठहराया गया और मौत की सजा दी गई, जो बातें उसके बारे में उन लोगों द्वारा कही गई थीं। जो इस तरह की बातें सुनते हैं, उनमें कुछ जोड़-तोड़ करते हैं और फैलाते हैं। जाहिर है कि जो लोग हमेशा दूसरों के दोषों की बात करते हैं, वे लोग जो हमेशा दूसरों के तथाकथित बुरे व्यवहार और कार्यों पर हैरानी दरशाते हैं और वे लोग जो दूसरों को नीचा दिखाकर ही अपने बारे में अच्छा महसूस कर सकते हैं, वे नहीं जानते कि सद्गुण किसे कहते हैं और उन्हें पाने का रास्ता क्या है। वे लोग, जो मुल्लाओं की तरह, दूसरों को सीधा करते हैं और दंड देते हैं, अपने न्यायसंगत होने के बारे में इतने निश्चयी होते हैं कि वे अपनी नैतिक अंधता और कमियों या स्वयं को बेहतर बनाने के बारे में शायद ही कभी चिंता करते हों। इसके विपरीत, सद्गुण हमें यह ज्ञान देते हैं कि क्या करना चाहिए, आत्मा की देख-भाल कैसे करनी चाहिए, अच्छा बनने के लिए क्या करना चाहिए और सुख कैसे प्राप्त किया जा सकता है; लेकिन यह नहीं सिखाते कि दूसरों की निंदा कैसे की जाती है।

दूसरे लोग खुद को क्या बनाते हैं, यह वास्तव में ज्यादातर उनका अपना निर्णय होता है और हमारी सोच के परे होता है; लेकिन हमारी जिंदगी पर हमारा इतना अधिकार होता है और हम अपने साथ जो चाहें कर सकते हैं। हम वास्तव में दूसरों की बुरी बातों के बारे में चिंता नहीं करते हैं। हम अधिकतर उन्हें खुला रास्ता दे देते हैं और उनसे ज्यादा कुछ अपेक्षा नहीं करते; लेकिन हम अपने कार्यों की जिम्मेदारी लेते हैं और उन पर निकट दृष्टि रखते हैं। यह उन पर भी बराबर रहती है जो मुझे भली-भाँति जानते हैं। हम गपशप पसंद नहीं करते और प्रायः दूसरों से कहते हैं कि वयस्क लोग रजामंदी से जो कुछ भी करते हैं, हम उसे बुरा नहीं मानते और ऐसी बातें सुनने में हमारी कोई रुचि नहीं है। निश्चित रूप से, हम दूसरों के मन में घुसकर नहीं देख सकते और न ही उन्हें बाध्य कर सकते हैं कि वे अपने मन की गुत्थी खोलें और कुछ भी ऐसा अश्लील एवं अनैतिक न करें, जिसे हमारे विरुद्ध प्रयोग किया जाए।

लेकिन उन मामलों में भी हमारी मनोवृत्ति होती है—यदि इतना ही जरूरी है तो साहस करो और हमारे अतिथि बनो। पाठको, सचमुच यदि तुमने हमारे साथ गलत किया तो हम वास्तव में उसे पसंद नहीं करेंगे; लेकिन मैं इस पर अधिक चर्चा नहीं करूँगा; क्योंकि आप जो भी करते हैं, उससे हमारा कोई सरोकार नहीं है।

सद्‌गुणों का पालन करने से हमें अच्छा बनने का मार्ग मिल जाता है और हम जो कुछ हासिल कर पाते हैं, जो काम पूरा कर लेते हैं और खुद को जैसा बना पाते हैं, उसके आधार हम अपना चरित्र-चित्रण कर सकते हैं। यह उस परंपरागत नैतिकता के एकदम विपरीत है, जिसके चलते हम 'दूसरों' की तसवीर बनाते हैं और जो हमसे भी ज्यादा खराब हैं, जिनसे हमें कोई-न-कोई खतरा बना रहता है और जिन्हें हम अपना विरोधी समझते हैं, उन पर हम और भी अधिक कीचड़ उछालते हैं और स्वयं को उच्च विचारोंवाला, सदाशयता की मूर्ति एवं अंतर्दृष्टि रखनेवाला दिखाने का प्रयास करते हैं। दुःख की बात है कि हम सामान्य तौर पर दूसरों की उपेक्षा करते हैं और उनके सद्‌गुणों को पहचानने से इनकार करते हैं, क्योंकि यदि हम यह स्वीकार करें कि किसी बात में वे हमसे बेहतर हैं तो हम जो कुछ कर रहे हैं, उसे करना बंद कर देंगे और इस कमी का निराकरण नहीं करेंगे। यदि हम विभिन्न सद्‌गुणों की अनदेखी करते हैं और उनकी जो निःशब्द किंतु सशक्त अपेक्षाएँ हमसे होती हैं उन पर भी हम ध्यान न दें, तब भी हम किसी तरह बेहतरी की ओर बढ़ते रह सकते हैं और शांतिपूर्वक बाहरी लाभों, अर्थात् धन-दौलत तथा मान-प्रतिष्ठा के पीछे लगे रह सकते हैं। कोई आश्चर्य नहीं कि सुकरात यह मानता है कि जिस जीवन को परखा नहीं गया, वह जीने योग्य नहीं है। जब तक हम पूरा ध्यान लगाकर और उत्साहपूर्वक सद्‌गुणों की तलाश नहीं करते, तब तक हम जीवन में कुछ भी ऐसा हासिल नहीं कर सकते, जिसे प्रशंसनीय कहा जा सके।

सुकरात की दूसरी अंतर्दृष्टि (गहन चिंतन) का संबंध सुकराती

पद्धति से है। सुकरात सच्चरित्रता, न्याय, आत्मसंयम, साहस और सद्गुण जैसी नैतिक धारणाओं की परिभाषा एवं प्रकृति की परख करने के लिए संवाद और प्रश्न-पद्धति का प्रयोग करता है। मेरा विचार है कि इस बारे में व्यापक सहमति है कि सुकरात इसका प्रयोग यह दिखाने के लिए नकारात्मक रूप में करता है कि इन गुणों का ज्ञान रखने संबंधी दावे झूठे हैं। सुकरात स्वयं को प्रायः उन लोगों की संगति में पाता है, जो इन नैतिक धारणाओं को जानने और उनकी एक परिभाषा देने का दावा करते हैं; लेकिन वह हमेशा यह सिद्ध करने में सफल हो जाता है कि उन्होंने उनके मर्म को ठीक से नहीं पकड़ा है और इन परिभाषाओं में महत्त्वपूर्ण शब्दों एवं तर्कों का प्रयोग नहीं किया गया है—अर्थात् उन्हें छोड़ दिया गया है। स्पष्ट रूप से सुकरात मानता है कि जब नैतिकता की बात होती है, तब सार रूप में कोई अंतिम तथा निश्चित परिभाषा निकलकर नहीं आती है। शायद वह हमें यह बताना चाहता है कि दर्शनशास्त्र का

विद्या की एक देवी से संवाद करते सुकरात

अध्ययन और ज्ञान की खोज की दिशा में पहले चरण के रूप में हम अपनी सीमाओं के बारे में कितना कम जानते हैं और उन्हें कितना कम पहचानते हैं।

कुछ विचारकों का मानना है कि यहाँ एक ही अंतर्दृष्टि है, जो परिभाषाओं और निचोड़ के बारे में संशयवाद से संबंध रखती है। लेकिन मैं सोचता हूँ कि नैतिक परिभाषाओं की खोज के बारे में उससे कुछ अधिक जरूर है। जब हम उन धारणाओं से संबंधित विभिन्न परिदृश्यों पर दृष्टिपात करते हैं, जो नैतिक जीवन को आधार और औचित्य प्रदान करती हैं, तब वास्तव में हम उनके बारे में बहुत कुछ जान सकते हैं और संभवत: बेहतर इनसान भी बन सकते हैं।

सुकराती प्रतिपृच्छा (जिरह) हमारी नैतिक विचार-शैली को कई तरह से सुदृढ़ एवं निर्मल कर सकती है। जब हम इसे अपनी मान्यताओं पर लागू करते हैं और उन्हें उचित ठहराने के लिए स्वयं को बाध्य करते हैं, तब उससे हमें अपने सोच-विचार, कार्यों एवं अनुभूतियों के तरीकों के पीछे पूर्व धारणाओं में झाँकने की प्रेरणा मिलती है। यह हमारी नैतिक मान्यताओं में से कुछ असंगतियों को निकाल बाहर कर सकती है। इस तरह का आत्म-परीक्षण हमें हमारे नैतिक जीवन को बेहतर बनाने और हमारी करनी एवं कथनी में बेहतर तालमेल बिठाने के लिए बाध्य कर सकता है। जिनके नैतिक मूल्यों और मान्यताओं में सामंजस्य नहीं होता और जिन्होंने अपनी मान्यताओं को परखा नहीं है, वे शायद जीने तथा कार्य करने के सही तरीके के बारे में भ्रमित हैं। उनके नैतिक मूल्य परस्पर विरोधी अथवा असंगत हैं। वे दूसरों से अधिक आत्म-प्रवंचना का प्रयोग करते हैं और प्राय: अपनी स्वार्थ-सिद्धि के कार्य करते हैं। वे वही करेंगे, जो उनको ठीक लगता है और बाद में इन कार्यों को किसी तरह तर्कसम्मत बना लेते हैं।

नैतिकता का विवेचन और नैतिकता एवं नैतिक धारणाओं संबंधी विभिन्न विचारों का निकट से निरीक्षण करना हमारे नैतिक ज्ञान की

सीमा को और व्यापक बना सकता है। सुकरात यह नहीं मानता कि सही या गलत सिर्फ अपना-अपना नजरिया है और वह कुतर्कियों-वितंडावादी लोगों के नैतिक सापेक्षवाद का विरोध करता है। लेकिन वह मानता है कि नैतिक धारणाओं के लिए कोई सरल परिभाषाएँ देना संभव नहीं है। फिर भी, इसका अर्थ यह नहीं है कि उनके अभिप्राय को खोजना और उनकी प्रकृति का सूक्ष्म निरीक्षण करना समय नष्ट करना है। नैतिक धारणाओं के संबंध में विभिन्न विचारों का निरीक्षण करने से हमें उनको स्पष्ट करने में निश्चय ही मदद मिलती है और हम उनको ज्यादा अच्छी तरह समझ सकते हैं। इससे हमें इन धारणाओं की रूपरेखा को तलाशने, धीरे-धीरे उनकी परतें खोलने में सहायता मिल सकती है। हमें उनके एमदम स्पष्ट, पारदर्शी उत्तर तो नहीं मिलेंगे; लेकिन तसवीर कुछ अधिक स्पष्ट अवश्य हो जाएगी। यह छानबीन अधिक वास्तविक एवं निष्पक्ष नैतिक मानदंडों को विचार के लिए प्रस्तुत करने में हमारे लिए मददगार हो सकती है।

सुकरात की नीतिपरक अंतर्दृष्टियाँ आज भी उतनी ही प्रभावशाली और उपयोगी हैं जितनी हमेशा रही हैं। सुकरात अन्य दार्शनिकों की तरह हमारा आह्वान कर रहा है कि हम उसकी बात सुनें और इन बातों पर विचार करें। लेकिन यदि हम उसकी बात सुनना ही नहीं चाहते तो हम उसे नहीं सुनेंगे। सुकरात बुद्धिमान था और उसके अनेक अंतर्दृष्टियाँ थीं; लेकिन एथेंस के लोग उसे समझ नहीं सके। उसकी बुद्धिमत्ता प्रकाश-किरण की भाँति उसके शरीर से नहीं निकल रही थी और उसे पहचान पाना आसान नहीं था। उसके लिए निकट से और उदारतापूर्वक सुनने की आवश्यकता थी। कुछ लोगों ने उसे और उसके विचित्र व्यवहार को घृणास्पद पाया तथा उससे कुछ खतरा महसूस किया, क्योंकि उसके प्रश्नों से वे घबरा गए थे। उन्होंने उसकी बात सुने बिना ही उसकी हँसी उड़ाना शुरू कर दिया।

लेकिन प्लेटो ने उसे खुले दिल से सुना। उसने माना कि सुकरात

एक भला आदमी था और उसके जीवन का उद्‌देश्य महान् था, लेकिन उस पर लोगों का अहित करने का झूठा आरोप लगाया गया। वह जानता था कि सुकरात किस तरह का व्यक्ति था और उसे यह भी पता था कि सुकरात के विरुद्ध लगाए गए आरोप झूठे थे। प्लेटो जानता था कि सुकरात ऐसा व्यक्ति है, जो दूसरों से चोट खा सकता है, दूसरों को चोट दे नहीं सकता।

यहाँ ध्यान देनेवाली खास बात यह है कि उत्तम मानवीय गुण विकसित किए जाने चाहिए; जैसे कि निष्पक्षता, समझदारी, आत्म-संयम और दूसरों के लिए सम्मान। इन गुणों को हमें जीवन में अपनाना चाहिए, क्योंकि ये गुण हमें संयोगवश नहीं मिलते और न हम उन्हें यों ही उठा लेते हैं। यही कारण है कि दर्शनशास्त्र और मूल्यों एवं उत्तरों की खोज का इतना महत्त्व है। सद्‌गुणों के लिए कोई कीमत नहीं देनी पड़ती। वे हमसे केवल एक हाथ की दूरी पर हैं। देखा जाए तो एक तरह से वे हमारे पास ही हैं, जैसे कि टाँड़ पर या बुककेस पर, लेकिन हमें पहले उन्हें देखना चाहिए एवं उनकी पहचान करनी चाहिए और फिर उन्हें अपना बनाने के लिए उनका पालन करना चाहिए।

लोगों के लिए बड़ा मुश्किल होता है कि वे दूसरों के साथ अपनी तुलना करके खुद को दिलासा देना छोड़ दें और अपनी आलोचना करने तथा खुद के साथ सख्ती बरतने के लिए बाध्य हो जाएँ। लोग ऐसी बातों को प्राय: सुनना भी नहीं चाहते। लेकिन निस्संदेह एक मनुष्य के रूप में अपने व्यक्तित्व का विकास करने, मानसिक रूप से समर्थ बनने, स्वयं में विश्वास प्राप्त करने और बेहतर बनने का यही उपाय है। नैतिकता का अर्थ दूसरों पर उँगली उठाना नहीं है; नैतिकता हमसे गंभीरतापूर्वक यह विचार करने की माँग करती है कि हम किस तरह के इनसान हैं और खुद को नैतिक गुणों के अनुरूप कैसे ढाल सकते हैं।

अंत में, सुकरात के लिए दर्शनशास्त्र का अध्ययन करने का तात्पर्य यह नहीं था कि उसने खुद को प्रभावशाली व्यक्तियों की पंक्ति में खड़ा

नहीं पाया या एथेंस के लोगों का साथ नहीं दिया, इस अर्थ में कि वह उनके पाप में सहायक नहीं बना और उसने उनके गुणों की प्रशंसा नहीं की। उसके विचार में, लोग जो कुछ करते हैं और जिसमें विश्वास रखते हैं, उसको तर्कसम्मत बनाना दर्शनशास्त्र का काम नहीं है। उसने सत्ता और प्रशासन पर आपत्ति उठाई। उसने आसान जवाबों की भी निंदा की। उसका मानना था कि जो दिखता है, उसके पीछे अधिक गहरे सच और वास्तविकताएँ होती हैं और उसने उन तक पहुँचने की कोशिश की। उसकी बात सुननेवालों को भी उसने प्रेरित किया कि वे उसकी प्रश्नोत्तर

''मैं जानता हूँ कि मैं बुद्धिमान हूँ, क्योंकि मैं जानता हूँ कि में कुछ भी नहीं जानता।''

—सुकरात

विधि का प्रयोग करके सच्चाई को जानने का स्वयं प्रयत्न करें। यह विधि हमारी मदद के लिए बनाई गई थी, ताकि हम अपने बारे में सोच-विचार कर सकें। समाज के अनुसार चलना, समाज के लिए चुपचाप अपनी पहचान की बलि चढ़ा देना और बहुमत के आगे झुक जाना फायदेमंद हो सकता है, लेकिन उन पुरस्कारों का मतलब स्वयं के लिए उच्चतर एवं बेहतर गुणों की खोज कर त्याग कर देना भी हो सकता है। सुकरात को चिंता थी कि कहीं उसके बच्चे भीड़ का हिस्सा बनकर न रह जाएँ और उसने लोगों से कहा कि वे उनके साथ ऐसा न होने दें। यह उसकी एक अंतिम इच्छा थी।

सुकरात का महत्त्व, अन्य सभी महान् विचारकों के महत्त्व की तरह, इस बात में नहीं है कि वह साफ-सुथरे ढंग से निकाला गया कोई उत्तर हमें देता है। उसकी महत्ता उसके प्रश्नों के स्वरूप में है। जिस दिशा की ओर वह इशारा करता है और जो शब्दावली वह हमारे वार्त्तालाप में प्रस्तुत करता है, वही उसके महत्त्व का प्रमाण है। यदि कोई समझता है कि वह किसी भी विचारक के प्रयासों, उसकी पूर्व धारणाओं और उसकी विधि के साथ इसलिए खिलवाड़ कर सकता है, क्योंकि दिए गए उत्तर में कोई बोधजन्य कमी है तो वह किसी गूढ़ विचारक को समझने में बहुत आगे नहीं जा सकेगा।

सुकरात, वास्तव में, एक खोज में भाग लेने के लिए हमें न्यौता दे रहा है—प्राप्त किए गए किसी उत्तर की सुखद निश्चितता में विश्वास न करना। अंत में वह चाहेगा कि उसकी सराहना की जाए और मान लिया जाए कि उसने वह सबकुछ कह दिया है, जो कह देना जरूरी होता है।

□

10

क्षमा-याचना

सुकरात को अपने शिष्यों को पथभ्रष्ट करने के आरोप में मृत्युदंड दिया गया था। अपनी सफाई में उन्होंने निम्न भाषण दिया—

ओ एथेंसवासियो! मुझे दुःखी नहीं होना चाहिए उसके लिए, जो हुआ। यानी इसके लिए कि तुम लोगों ने मुझे अपराधी ठहराया और उन हालात के लिए, जो गुजरे! और जो कुछ हुआ, वह मेरी उम्मीद से ऊपर तो नहीं हुआ। पर मुझे दोनों ओर से जो वोट पड़े, उन पर आश्चर्य अवश्य है। मुझे आशा न थी कि इतने कम वोटों के अंतर से मुझे अपराधी ठहराया जाएगा। मुझे बड़े बहुमत की उम्मीद थी। पर अब, जैसा कि पता चल रहा है, 3 और वोट पक्ष में पड़ते तो पासा पलट जाता और मैं बरी हो जाता। जहाँ तक मैलिटस का सवाल है, मुझे लगता है, उनके द्वारा मैं निर्दोष ठहराया गया हूँ। न केवल मैं निर्दोष ठहराया गया हूँ बल्कि जैसा कि सबको जाहिर है, अगर एनीटस और लिकोन मुझ पर आरोप लगाने के लिए आगे नहीं आते तो मैलिटस को वोटों का पंचमांश न पाने के लिए 1,000 दरहम का जुर्माना हो जाता।

इसलिए इस आदमी ने मुझे मौत की सजा सुनाई। पर ओ एथेंसवासियो! मैं अपने आपको क्या दंड दूँ? यह स्पष्ट नहीं कि मैं किस लायक हूँ? वह क्या है? क्या मैं कष्ट भोगने लायक हूँ या अर्थदंड

के लायक हूँ? क्योंकि अपने जीवन काल में मैं खामोश नहीं रहा। मैंने उन सब वस्तुओं की, उपेक्षा की, जिनके पीछे अधिकांश लोग भागते हैं—पैसा कमाना, घर-गृहस्थी की चिंता, सेना की कमान सँभालना, लोकप्रियतावाले भाषण देना। इसके अलावा दंडाधिकार, षड्यंत्र और गुटबंदी, जो इस शहर में होती रहती है। मैं ठहरा बहुत सीधा-सच्चा आदमी। अगर ऐसी हरकतों में लिप्त होता तो सुरक्षित न रहता। इसलिए मैं इनके पीछे कभी नहीं भागा। अगर ऐसा करता तो मैं न आपके किसी काम आता, न अपने। लेकिन आप में से प्रत्येक को व्यक्तिगत रूप से लाभान्वित करने के लिए मैंने यह लक्ष्य चुना कि आप में से हरेक को प्रेरित करूँ कि वह अपने मामलों पर या नगर के मामलों पर ध्यान देने से पहले यह देखे कि वह नगर के अतिरिक्त अन्य मामलों में भी कैसे सर्वाधिक समझदार और सर्वश्रेष्ठ बन सकता है। मैं तो ऐसा ही आदमी हूँ, फिर मेरे साथ कैसा सुलूक किया जाना चाहिए? ओ एथेंसवासियो! कोई पुरस्कार, जो मेरा सही मूल्यांकन करके तय किया जाए। मेरे लिए उपयुक्त हो तो एक निर्धन, उपकारी के लिए क्या उपयुक्त होगा। जिसे आपको अच्छी सलाह देने के लिए अवकाश चाहिए। ओ एथीनियावासियो! इससे अधिक उपयुक्त और कुछ न होगा कि ऐसे व्यक्ति को प्रेथानियम सभागार में नियुक्त किया जाए। अगर आप में से कोई ओलंपिक खेलों में घुड़दौड़ में या चार घोड़ों के रथ की दौड़ में विजयी होता है तो वह जितना प्रसन्न होगा, मुझे भी कुछ वैसी ही खुशी होगी, लेकिन उसे किसी सहायता की आवश्यकता न होगी, मुझे है। इसलिए अगर मैं स्वयं को कोई सजा देना चाहूँ तो प्रेथानियम सभागार की देखभाल का यह काम होगा।

शायद आपके साथ इस प्रकार बात करने से आपको लगे कि मैं उसी आदर व विनयपूर्वक बोल रहा हूँ, जैसे मंडल अधिकारियों के समक्ष बोला था। लेकिन ऐसा नहीं है। ओ एथेंसवासियो! यह इस प्रकार

है—मैंने कभी भी जान-बूझकर किसी व्यक्ति को हानि नहीं पहुँचाई। हालाँकि मैं आपको इसके लिए सहमत नहीं कर सकता, क्योंकि मेरी-आपकी बातचीत थोड़े समय के लिए ही हुई है। क्योंकि अगर कानून आपके लिए भी उसी तरह होता जैसा दूसरों के लिए होता है तो मृत्युदंड के मामले की सुनवाई केवल एक दिन नहीं, कई दिन चलती। मेरे खयाल से, आप इस बात से सहमत होंगे। लेकिन थोड़े से समय में इतने बड़े मिथ्या प्रचार की सफाई देना संभव नहीं। यह समझ लेने पर कि मैंने किसी को हानि नहीं पहुँचाई, मेरा इरादा स्वयं को हानि पहुँचाने का बिलकुल नहीं है, न ही यह घोषणा करने का है कि मुझे दंडित किया जाना चाहिए। न ही स्वयं के लिए कोई दंड का प्रस्ताव रखने का है। मुझे किस बात का डर है ? यह कि मैलिटस जो निर्णय देगा, उससे मुझे कष्ट पहुँचेगा ? जबकि मैं जानता तक नहीं कि वह निर्णय भला होगा या बुरा! तो क्या मैं अपने लिए वह चुन लूँ, जो बुरा ही है और स्वयं को वह दंड दे डालूँ ? क्या मैं कैद की सजा चुन लूँ ? मैं जेल में क्यों रहूँ, उन 11 दंडाधिकारियों का दास बनकर ? क्या मैं अपने लिए कोई जुर्माना नियत करूँ, जिसे अदा न करने तक जेल में रहूँ ? लेकिन यह तो वही बात होगी, जो मैंने अभी-अभी कही। क्योंकि मेरे पास जुर्माना देने के लिए रकम नहीं है। तो क्या मैं खुद को देशनिकाला की सजा दूँ ? शायद आप इस प्रस्तावित सजा से सहमत हो जाएँ। ओ एथेंसवासियो! मुझे जीवन से प्रेम होना चाहिए। अगर मैं ऐसा नासमझ होता, जो इतना भी न समझ पाता कि मेरे सह-नागरिक आप सब मेरी जीवन-शैली और उपदेशों को सहन नहीं कर पाए। वे आपके लिए इतने असह्य और कष्टप्रद बन गए कि आप अब उनसे मुक्त होना चाहते हैं। लेकिन कुछ अन्य लोग उन्हें सरलता से सह सकते हैं। इसलिए ओ एथेंसवासियो! इस उम्र में मेरे लिए घुमंतू बनकर नगर-नगर घूमना और इस प्रकार का जीवन जीना श्रेयस्कर होगा। क्योंकि मैं जानता हूँ कि मैं जहाँ भी जाऊँगा,

जब बोलूँगा, युवा मुझे सुनेंगे, जैसा कि उन्होंने यहाँ किया। अगर मैं उन्हें अरुचिकर लगा तो वे मुझे बड़ों से आग्रह करके वहाँ से खदेड़ देंगे। यदि मैं उन्हें अरुचिकर नहीं लगा तो उनके पिता और संबंधी अपने तईं मुझे निर्वासित कर देंगे।

शायद कोई कहे, 'यहाँ से जाने पर सुकरात चुपचाप शांत जीवन नहीं बिता सकते!' आपको समझाने के लिए यह सबसे मुश्किल बात है। अगर मैं ऐसा करूँ तो देवता की अवज्ञा होगी। इसलिए मेरा चुपचाप रहना असंभव है। आप यह सोचकर कि मैं व्यंग्य कर रहा हूँ, मुझ पर विश्वास नहीं करेंगे। अगर मैं यह कहूँ कि रोज सद्‌गुणों के बारे में और उन विषयों पर चर्चा करना, जो मैं करता रहा हूँ, सबसे बड़ी अच्छाई है, जिसमें मैं अपना व दूसरों का परीक्षण करता हूँ और कहता रहा हूँ कि अन्वेषण के बिना जीवन व्यर्थ है तो आप मुझ पर और भी अविश्वास करेंगे। इसलिए ओ एथेंसवासियो! मैं कहता हूँ कि आपको राजी करना आसान नहीं। इसके साथ ही मैं यह सोचने का आदी भी नहीं कि मैं किसी बुराई के लायक हूँ। अगर मैं धनी होता तो अपने पर इतना जुर्माना करता, जो मैं अदा कर सकता। तब मेरा कुछ भी अहित न होता। पर मैं इस समय इतना भी नहीं कर सकता। हाँ, अगर आप मुझे इतना जुर्माना करने को तैयार हैं, जो मैं दे सकता हूँ तो मैं जुर्माने के तौर पर चाँदी का एक माइना ही अदा कर सकता हूँ। यह जुर्माना मैं स्वयं के लिए स्वीकार कर लेता हूँ। लेकिन ओ एथेंसवासियो! प्लेटो, क्रिटोबुलस और अपोलोडोरस कहते हैं कि मैं स्वयं को 30 माइना का जुर्माना करूँ। उन्होंने मुझे इस रकम की जमानत देने की पेशकश की है। इसलिए मैं खुद को यह जुर्माना करता हूँ और इस रकम के लिए पर्याप्त जमानतें होंगी।

इसके बाद न्यायाधीशों ने आगे काररवाई करते हुए सुकरात को मृत्युदंड सुना दिया। इस पर उन्होंने आगे कहा—

कुछ ही समय बाद ओ एथेंसवासियो! तुमको उन्हीं शहर को बदनाम करनेवालों की फटकार सुनने को मिलेगी कि बुद्धिमान सुकरात को मार डाला। तुम्हें बदनाम करनेवाले दावा करेंगे कि मैं बुद्धिमान था; जबकि ऐसा नहीं है। अगर तुम लोग थोड़ा सा इंतजार करते तो यह अपने आप हो जाता। मेरी उम्र पर ध्यान दो! मैं काफी बूढ़ा हो चुका हूँ और मौत के करीब हूँ। पर यह मैं तुम सबसे नहीं कह रहा हूँ, उनसे कह रहा हूँ जिन्होंने मुझे मौत की सजा दी है और मैं उनसे यह भी कहता हूँ, शायद तुम सोचते हो, ओ एथेंसवासियो! कि मैं पर्याप्त तर्क प्रस्तुत न कर पाने के कारण दंडित हुआ हूँ, जिसके द्वारा मैं तुम्हें सहमत कर सकता था। अगर मैं ऐसा करना उचित समझता तो तुम्हें राजी करके बरी होने की कोशिश करता। मैं किसी बात के अभाव के कारण दंडित हो रहा हूँ। पर वह तर्क नहीं। इसका कारण मेरा दुःसाहस और ढिठाई है। मैंने वैसी बातें करने की प्रवृत्ति नहीं दिखाई, जिसे सुनना तुम सब बहुत पसंद करते। अगर मैं रोता-पीटता, विलाप करता—और भी ऐसी बातें कहता, जो मुझ जैसे को शोभा नहीं देती। न तो मैंने तब खतरे से बचने के लिए ऐसा कुछ किसी स्वतंत्र व्यक्ति के लिए अशोभनीय करने का विचार किया था और न ही अब मुझे इसको लेकर कोई पछतावा है। इस तरह से अपना बचाव करके जीने के बजाय तो मैं मर जाना पसंद करूँगा; क्योंकि युद्ध में अथवा किसी मुकदमे की सुनवाई में मुझे या किसी भी अन्य व्यक्ति के लिए मृत्यु से बचने के लिए हरसंभव साधन का प्रयोग करना उचित नहीं होता। युद्ध में हर कोई जानता है कि कोई व्यक्ति हथियार डालकर और अपने विपक्षियों से दया की भीख माँगकर मौत से बच सकता है। इसी तरह दूसरी तरह के खतरों में भी मृत्यु के बचने के अन्य उपाय हैं। बशर्ते आदमी वह सब कहने और करने को तैयार हो! ओ एथेंसवासियो! मृत्यु की अपेक्षा दुष्टता से बचना कहीं अधिक कठिन होता है; क्योंकि इसकी गति मृत्यु से तीव्र होती है। अब मैं चूँकि

अपनी उम्र के कारण सुस्त होकर इन दोनों में से जो छाई है, उसकी भी चपेट में आ गया हूँ; जबकि मुझ पर आरोप लगानेवाले शक्तिशाली और फुरतीले होने के कारण अधिक तीव्र गतिवाली दुष्टता की चपेट में आए हुए हैं। अब मैं तुम्हारे द्वारा मृत्युदंड पाकर विदा लेता हूँ और वे इस अन्याय व असमानता के कारण सत्य द्वारा दंडित हुए हैं। मैं अपना दंड स्वीकार करता हूँ, वे अपना। मेरे विचार में, यह सब होना था और इसी में भलाई है।

इसके बाद मैं तुम्हारे बारे में भविष्यवाणी करना चाहता हूँ, ओ मुझे दंडित करनेवालो! कि तुम्हारा क्या होगा! क्योंकि अब मैं उस स्थिति को पहुँच गया हूँ जिसमें लोग अकसर भविष्यवाणी करते हैं। यानी कि जब वे मृत्यु के निकट होते हैं। तो अब मैं तुमसे कहता हूँ, ओ एथेंसवासियो! जिन्होंने मुझे मृत्युदंड दिया है कि मेरी मृत्यु के तुरंत बाद तुम्हें इससे भी कठोर दंड मिलेगा, बृहस्पति देवता द्वारा। क्योंकि तुमने यह सोचकर ऐसा किया है कि तुम्हें अपनी जिंदगी का हिसाब देने से छुटकारा मिल जाएगा। लेकिन मैं बताता हूँ कि इसका बिलकुल उलट होगा। क्योंकि आरोप लगानेवाले कहीं बड़ी संख्या में होंगे, जिनको मैंने अभी रोक रखा है; जबकि तुमने यह नहीं देखा। वे और भी कठोर होंगे, क्योंकि वे अधिक युवा हैं। तुम और अधिक तिरस्कृत होगे। क्योंकि अगर तुम समझते हो कि किसी को मौत देकर तुम दूसरों को अपनी भर्त्सना करने से रोक लोगे तो यह तुम्हारी गलती है, क्योंकि यह न तो संभव है और न ही सम्मानजनक। लेकिन दूसरा तरीका अत्यंत सम्मानजनक और सरल है—दूसरों को न रोककर अपनी ओर ध्यान देना कि कोई स्वयं को कैसे त्रुटिहीन व परिपूर्ण बना सकता है। इस प्रकार मुझे दंडित करनेवालो! तुम्हारे विषय में भविष्यवाणी करके मैं तुमसे विदा लेता हूँ।

और तुम लोग, जिन्होंने मेरी रिहाई के लिए वोट दिया, मैं खुशी

से अपनी बात जारी रखूँगा; क्योंकि न्यायाधीश अभी व्यस्त हैं और मुझे अभी उस स्थान पर नहीं ले जाया गया है, जहाँ मुझे मरना होगा। इसलिए ओ एथेंसवासियो! तब तक मेरे साथ रहो। क्योंकि जब तक हमें अनुमति है, हमारी बातचीत में कोई बाधा नहीं होगी। तुम मेरे मित्र हो, इस नाते मैं तुम्हें, जो कुछ मुझ पर अभी बीती है, उसका अर्थ बताना चाहता हूँ। मेरे लिए ओ मेरे न्यायाधीशो! मैं तुम्हें न्यायाधीश कहकर पुकारता हूँ, एक विचित्र बात हुई है। मेरे पथ-प्रदर्शक देव की स्वभावगत पैगंबरी वाणी ने—अगर मैं कोई छोटी सी भी गलती करने लगता तो—सदा मेरा विरोध किया है। लेकिन अब जो कुछ मेरे साथ घटा है, जो तुम सबने भी देखा है, जिसके बारे में कोई सोच सकता है कि बुराई की पराकाष्ठा है, फिर भी न तो जब मैं सुबह अपने घर से निकला तब देववाणी ने मुझे कोई चेतावनी दी, न ही यहाँ सुनवाई के स्थान पर या मेरे इस भाषण के दौरान ही ऐसा कुछ हुआ। जबकि और कई अवसरों पर इस वाणी ने मुझे कुछ बोलने के बीच में भी रोका है। लेकिन अब इस सारी सुनवाई के दौरान जो कुछ मन ने कहा या किया, उसका उसने जरा भी विरोध नहीं किया। तो मैं इसका क्या कारण समझूँ? मैं तुम्हें बताता हूँ कि जो कुछ मुझ पर गुजर रहा है, वह वरदान है। जो मृत्यु को बुरा समझते हैं, उनके लिए यह मानना असंभव होगा कि हम ठीक सोच रहे हैं। इसका एक बड़ा प्रमाण यह है कि अगर इसमें अच्छाई न होती तो सदा-सर्वदावाला संकेत मेरा विरोध अवश्य करता।

अतः हमें इस निष्कर्ष पर पहुँचना चाहिए कि मृत्यु वरदान है। क्योंकि मृत्यु में इन दो बातों में से एक होती है—या तो मृतक का अस्तित्व पूर्णतः नष्ट हो जाता है, फिर उसे किसी तरह की कोई अनुभूति नहीं होती अथवा फिर यह कहा जाता है कि आत्मा कोई दूसरी राह चुनती है। वह एक स्थान से दूसरे स्थान को जाती है। अगर यह हर तरह की अनुभूति का विलुप्त हो जाना है तो वह ऐसी गहरी नींद है,

जिसमें सोनेवाला कोई सपना नहीं देखता। तब तो मृत्यु अद्‍भुत उपलब्धि है। क्योंकि अगर किसी व्यक्ति से पूछा जाए कि तुमने अपने जीवन काल में कितनी रातें या दिन ऐसी गहन निद्रा से बेहतर शांति में बिताए हैं, तो सामान्य जन से लेकर राजा तक मानेंगे कि वे दिन तो गिनती के ही थे। तो यदि मृत्यु इस प्रकार की है तो मैं कहूँगा कि यह उपलब्धि है; क्योंकि तब सारा भविष्य एक रात्रि में सिमट जाएगा।

लेकिन अगर इसके विपरीत मृत्यु यहाँ से किसी अन्य स्थान को जाना है, और जैसा कि कहा जाता है, सभी मृतक वहाँ एकत्र होते हैं! तो मेरे न्यायाधीशो! इससे बड़ा वरदान और क्या हो सकता है? क्योंकि यमलोक पहुँचने पर इनसे मुक्ति मिल जाएगी, जो न्यायाधीश बनने का ढोंग कर रहे हैं और सच्चे न्यायाधीश मिल जाएँगे। यीनोस और रादामेंथस, जिनके बारे में कहा जाता है कि वहाँ न्याय करते हैं। फेकस और त्रिप्तोलेपस जैसे उपदेवता, जो अपने जीवन काल में भी वैसे ही थे। तो क्या यह स्थानांतरण दुःखद होगा? आखिर ऑरफेयस, मूजियस, हेसियोद और होमर से मुलाकात को किस कीमत के लिए रोकना उचित होगा? अगर यह सच है तो मैं एक बार नहीं, अनेक बार मरना पसंद करूँगा। मेरे लिए यह कैसा उत्तम प्रवास होगा, जब मेरी मुलाकात पालामेडीम और तेलामन के पुत्र एजाक्स तथा उन जैसे कुछ अन्य पुराने लोगों से होगी, जो अनुचित दंड के कारण मृत्यु का ग्रास बने! अपनी यातना की उनकी यातना से तुलना करना मेरे विचार में कम दिलचस्प न होगा। लेकिन सबसे अधिक आनंद वहाँ लोगों से सवाल करने और उनका परीक्षण करने में आएगा, जैसा कि मैं यहाँ करता रहा हूँ, ताकि पता चल सके कि उनमें से कौन बुद्धिमान है और कौन खुद को वैसा मानता है, पर है नहीं। ओ मेरे न्यायाधीशो! उससे किसी भी कीमत पर कोई सवाल क्यों न करना चाहेगा, जिसने ट्राय, यूलेसिस, सिसीफस या ऐसे ही अन्य हजारों के विरुद्ध शक्तिशाली सेनाएँ भेजीं। ऐसे और भी कई

स्त्री-पुरुषों से मुलाकात करना, बात करना, उनसे सवाल करना आनंददायक होगा। इसके लिए वहाँ जो न्यायाधीश हैं, वे मृत्युदंड नहीं देते। इसलिए जो लोग वहाँ हैं, वे यहाँ वालों की अपेक्षा अधिक प्रसन्न हैं। वे अमर हैं, अगर यह जो बात बताई गई है, वह सच है।

इसलिए ओ मेरे न्यायाधीशो! तुम्हें मृत्यु के विषय में अच्छी आशा रखनी चाहिए। इस सत्य को स्वीकारना चाहिए कि किसी अच्छे इनसान के साथ कुछ भी बुरा नहीं होता—न जीवित रहते, न मरते समय। देवता भी उसकी चिंताओं की उपेक्षा नहीं करते। जो कुछ मेरे साथ हो रहा है, वह संयोगवश नहीं। मुझे यह नितांत स्पष्ट है कि किस तरह मरकर अपनी चिंताओं से मुक्त होना मेरे लिए बेहतर है। अत: चेतावनी ने मुझे दरकिनार नहीं किया। जिन्होंने मुझे अपराधी ठहराया है, उनके प्रति भी मेरे मन में नाराजगी नहीं है। न ही मुझ पर आरोप लगानेवालों के लिए है। हालाँकि उन्होंने इस भावना से न तो मुझ पर आरोप लगाए, न दंडित किया। वे तो मुझे पीड़ा पहुँचाना चाहते थे, जिसके लिए उन्हें दोष दिया जाना चाहिए।

मेरी उनसे एक ही प्रार्थना है। अगर मेरे पुत्र लायक और गुणी बनने से पहले संपदा की चाह करें तो उन्हें मेरी ही तरह दंड देना। उन्हें पीड़ा पहुँचाना, जैसे मैंने तुम्हें पीड़ा पहुँचाई है। उनकी भर्त्सना करना, उसी तरह जैसे मैंने तुम्हारी भर्त्सना की है, उस पर ध्यान न देने के लिए, जिस पर ध्यान देना चाहिए। अपने आपको कुछ समझने के लिए, जबकि वे कुछ भी न हों। अगर ऐसा करोगे तो वह मेरे और मेरे पुत्रों के साथ न्याय होगा।

अब विदाई का समय आ गया है—मेरे लिए मरने का, तुम्हारे लिए जीवित रहने का। लेकिन हममें से कौन बेहतर स्थिति में होगा, यह ईश्वर के सिवा और कोई नहीं जानता।

□

सूक्तियाँ

सच्चा ज्ञान यही जानने में है कि तुम्हें कुछ भी नहीं पता।

***

सच्चा ज्ञान हममें से प्रत्येक को तभी मिलता है, जब हम महसूस करते हैं कि हम जीवन, स्वयं और अपने आस-पास के बारे में कितना कम समझते हैं।

***

जहाँ श्रद्धा है, वहाँ डर है, लेकिन जहाँ डर है, वहाँ हर जगह श्रद्धा नहीं है; क्योंकि डर का विस्तार श्रद्धा की तुलना में अधिक माना जाता है।

***

बुद्धि आश्चर्य से शुरू होती है।

***

बेकार लोग केवल खाने और पीने के लिए जीते हैं। उपयोगी लोग केवल जीने के लिए खाते और पीते हैं।

***

मुझे पता है कि मैं बुद्धिमान हूँ, क्योंकि मुझे पता है कि मुझे कुछ भी नहीं पता।

***

मैं वास्तव में इतना ईमानदार हूँ कि मैं एक राजनीतिज्ञ बन सकूँ और जी सकूँ।

✻✻✻

अगर एक आदमी को अपने धन पर गर्व है, तो उसकी तब तक सराहना नहीं की जानी चाहिए जब तक यह पता न हो कि वह इसका इस्तेमाल कैसे करेगा।

✻✻✻

यदि सभी दुर्भाग्य एक साथ आते हैं तो हर किसी को बराबर हिस्सा लेना चाहिए, ज्यादातर लोगों को अपना हिस्सा लेना चाहिए और चल देना चाहिए।

✻✻✻

जीना महत्त्वपूर्ण नहीं, सही तरह से जीना महत्त्वपूर्ण है।

✻✻✻

जो दुनिया को हिलाना चाहता है, पहले उसे ही हिल जाने दो।

✻✻✻

तुम्हें मेरी सलाह है कि शादी करो—यदि तुम्हें अच्छी पत्नी मिली तो तुम सुखी रहोगे; यदि नहीं तो तुम दार्शनिक बन जाओगे।

✻✻✻

जीवन नहीं, बल्कि अच्छा जीवन महत्त्वपूर्ण है।

✻✻✻

एक बार औरत को आदमी के बराबर बना दो, औरत उससे बेहतर हो जाती है।

✻✻✻

एक बार घायल हुआ व्यक्ति दुबारा घायल नहीं होना चाहता और ऐसा करना किसी तरह से सही नहीं है; और दुबारा घायल होना या किसी

व्यक्ति का बुरा करना सही नहीं है, भले ही उससे हम कितने भी पीड़ित क्यों न हों।

※※※

साधारण लोगों को लगता है कि यह एहसास नहीं है कि जो अपने पर सही तरह से दर्शन लागू करते हैं, वे सीधे हैं और अपने ही कार्यों से वे स्वयं को मौत के लिए तैयार कर रहे हैं।

※※※

हमारी प्रार्थना सामान्य रूप से आशीर्वाद के लिए होनी चाहिए, क्योंकि भगवान् जानता है कि हमारे लिए सबसे अच्छा क्या है।

※※※

जीवन का अंत भगवान् की तरह है और ईश्वर का अनुसरण करने वाली आत्मा को वह पसंद करेगा।

※※※

इस दुनिया में सम्मान के साथ जीने का सबसे बेहतर तरीका वह होना है, जो हम होने का नाटक करते हैं।

※※※

सच्चा ज्ञान यही जानने में है कि तुम्हें कुछ भी नहीं पता।

※※※

कवि केवल परमेश्वर के व्याख्याकार होते हैं।

※※※

अपरीक्षित जीवन जीने के लायक नहीं है।

※※※

अच्छी प्रतिष्ठा हासिल करने का तरीका यह है कि तुम वह होने का प्रयास करो, जो तुम्हारी होने की इच्छा है।

※※※

यह जानना ही असली ज्ञान है कि तुम कुछ नहीं जानते। सच्चे ज्ञान का यही अर्थ है।

***

तुलनात्मक-भावनात्मक मूल्यों पर आधारित नैतिकता की प्रणाली मात्र भ्रम है, पूरी तरह से अश्लील विचार है, जिसमें कुछ भी टोस और कुछ भी सच्चा नहीं है।

***

सभी व्यक्तियों की आत्माएँ अमर हैं, लेकिन सच्चे लोगों की आत्माएँ अमर और दैवीय होती हैं।

***

एक ईमानदार आदमी हमेशा बच्चे की तरह होता है।

***

अपने बारे में मैं बस इतना जानता हूँ कि मुझे कुछ नहीं पता।

***

शादी या ब्रह्मचर्य में से मनुष्य जो भी चुने, बाद में उसे पछताना ही होगा।

***

वैसे ही बनो, जैसा कि तुम दिखना चाहते हो।

***

दोस्ती जल्दी मत करो, लेकिन जब करो तो मजबूती से करो और उस पर डटे रहो।

***

सौंदर्य एक क्षणिक अत्याचार है।

***

सौंदर्य एक ऐसा आकर्षण है, जो मनुष्य को खुशी-खुशी अपनी दया का विस्तार करने को ललचाता है।

***

एक व्यस्त जीवन की दरिद्रता से सावधान रहिए।

✻✻✻

मौत सभी मानवीय आशीर्वादों में से सबसे बड़ी है।

✻✻✻

अन्य लोगों के लेखन द्वारा खुद में सुधार करने में अपना समय लगाओ, ताकि तुम्हें वह आसानी से हासिल हो जाएगा, जिसे दूसरों ने कड़ी मेहनत से पाया है।

✻✻✻

झूठे शब्द अपने आप में ही बुराई नहीं हैं, बल्कि वे आत्मा को भी बुराइयों से संक्रमित करते हैं।

✻✻✻

गहरी इच्छाओं से ही अकसर घातक नफरत प्रकट होती है।

✻✻✻

साहसी आदमी वही है जो भागता नहीं, दुश्मन के सामने डटा रहता है और उससे लड़ता है।

✻✻✻

वह सबसे अमीर है, जो प्रकृति की कम-से-कम दौलत में संतुष्ट है।

✻✻✻

मैंने पाया कि कवि अपनी बुद्धि की वजह से कविताएँ नहीं लिखते, बल्कि यह एक तरह की भावना या प्रेरणा है, जो तुम्हें किसी संत और महात्मा में मिलती है, जो बिना अपना आशय जाने अपना उदात्त संदेश देते रहते हैं।

✻✻✻

मैं अपनी अज्ञानता की सच्चाई के अलावा कुछ नहीं जानता।

□□□